ラルーナ文庫

虎神の愛玩人形

朔田

三交社

CONTENTS

Illustration

黒埜ねじ

虎神の愛玩人形

本作品はフィクションです。
実際の人物・団体・事件などにはいっさい関係ありません。

◆　序章　◆

不意に目が覚めた。

障子を通して差し込んできた月の光が、薄闇《うすやみ》の中で布団や箪笥《たんす》、学習机に載せられたランドセルの輪郭を鮮明に浮かび上がらせている。

枕元《まくらもと》に腕を伸ばすと、引き寄せた時計の針が一時を指していた。朋成《ともなり》――昂神《こうがみ》朋成は思わず目を丸くする。

普段から寝つきはよく、よほどの尿意を催さない限り夜中に目が覚めることなどない。どうしてこんな時間に目を覚ましてしまったのか、それらしい理由にまったく思い当たることがなかった。

『……――、――』

寝直そうと瞼《まぶた》を閉じた瞬間、遠くの方から獣独特の長く、ゆっくりと引いていくような鳴き声――遠吠《とおぼ》えが朋成の鼓膜を震わせた。

犬のものではない。

朋成が咄嗟《とっさ》にそう感じたのは、一緒に暮らしている番犬たちの鳴き方とはまるで違っていたからだ。哀しげでもあり、怖《おそ》ろしくもあるそれは、心の深いところをざわつかせる不思議な音階を持っていた。

考察したことですっかり目が冴《さ》えてしまった朋成は、温まった布団からのそりと身体《からだ》を起こした。

並べられた布団の片側に視線を向けると、一卵性双生児の弟――宥経《ひろつね》がくうくうと気持ちよさそうに寝息を立てていて、まだ寒い春先だというのに、布団を遠くへ蹴飛《けと》ばしていた。

十歳なのだから、もう少し寝相がよくなってほしいと母親のような気持ちになりながら、朋成は弟に布団をかけ直すと、なるべく音を立てないようにするすると障子を開けた。

今宵《こよい》は満月だった。

普段は漆黒の闇と共存しているのに、満ちると月はいつもよりずっと強い光で世界を照らし、何者をも潜む場所すら与えず暴き出そうとする。

三十センチほどの隙間《すきま》から覗《のぞ》いた庭は、二階からだというのに月の光で昼間のように明るく照らされ、満遍なく見渡すことができた。

自分が気づかなかっただけで、これまでの満月も同じだったのだろうかと、ぼんやりと眺めていると、眩《まばゆ》いばかりの光の中を一瞬暗い影が過《よ》ぎった。

丹念に庭を見回しても、誰《だれ》かが潜んでいる様子は見受けられない。

（気のせいだよね……？）

敷地内を縦横無尽に駆け巡る番犬たちが、この辺りまで巡視にきたのだと自分に言い聞かせながら、深呼吸を繰り返す。

朋成が次男として生を受けた昂神家は、地価の高い広大な土地を代々受け継いでいることや、登録さえすれば有形文化財として認められるであろう年代物の家屋がでんと構えているため、何度も泥棒に入られたことがある。最新のセキュリティや番犬たちのお陰で未然に防ぎ事なきを得ているが、窓の外に泥棒の侵入があったとしても、子供の自分には捕獲どころか追跡することすらできないし、たとえできたとしても碌《ろく》な目に遭わないだろう。

（見なかったことにしよう……）

持って生まれた臆病《おくびょう》さが、これ以上踏み込まないように、と心の裡《うち》から警告してくる。そのまま障子を閉めようと手をかけた瞬間、視界の端に一際眩い光が飛び込んできた。再び窓の向こうへと目を凝らす。

よくよく見ればそれは美しい獣だった。

月の光を受けて眩いばかりに輝く被毛。風にそよぐたびに、白銀から虹色へと変化していくその姿は動物園で見た虎《とら》によく似ているのに、まるで違う存在に見えた。神々しく、直視してはいけない存在なのだと本能的に悟っているのに、あまりにも美しすぎて目が離せなくなってしまう。

一体どれくらいの時間が経過したのだろうか。

まるで魂を摑《つか》まれているかのようにその美しい獣を見つめ続けていると、「トモ、どうしたの？」と呼びかけられる声で我に返った。

振り返ると上半身を起こした宥経が、ほとんど開かれていない目を盛んに擦《こす》っている。

「なんでもないよ」

そう口にしつつ、再び庭へと視線を戻した朋成はがっくりと肩を落とす。

どんなに目を凝らしても、庭のどこにもその姿を見つけることはできなかった。

Ⅰ　見神

「トモ、いつまで寝てんだよ」

微睡《まどろ》みの中、身体を揺さぶられて強制的に起こされた朋成は、無意識に犬猫がそうするように布団の上で目いっぱい背伸びをした。

薄目を開けると、布団の脇《わき》で道着姿の宥経が膝《ひざ》をついて朋成を見下ろしていた。

元はまったく同じだったのに、中学に入るといつの間にか微妙に違いが出てしまった半身はどこか不機嫌そうに眉根《まゆね》を寄せている。

（やばっ！）

その瞬間、とろとろと蕩《とろ》けていた意識が一気に引き締まった。

飛び起きると、枕元の時計に首を巡らせる。

針が指している時刻は朝の六時半で、中学生の起床時間としては早い方だ。しかし昂神家では弓道の朝稽古《あさげいこ》が日課なので、この時間ではもうほとんど寝坊したようなものだった。

「おはよ！　ありがと。助かった～」

起床も自己管理の一つで、自分で起きなければ当然学校にも遅刻する。

誰かに起こされる、ということはイコール、寝坊したということだ。

朝稽古を終えた宥経が見兼ねてこっそりと起こしてくれなければ、朝食を食べ損ねてしまうところだった。成長期に朝食抜きは耐えられない。

「昨夜《ゆうべ》も庭見てたのかよ。ったく、起きられないなら夜更かしすんのやめろよな」

「だって、もう一回見たいんだもん」

朋成が小学校四年生の、ある満月の夜。この世のものとは思えない美しい獣が庭先に訪れていた。

滴りそうに満ちた月と、それを背にしていながら負けじと煌《きらめ》く被毛を持つ獣。

二重に心を囚《とら》われて以来、満月の夜だけでなく、さまざまな条件下で夜更かしをしているが、その努力は未《いま》だ実を結んでいなかった。

「だから、そんなの夢だって」

「絶対夢じゃない！」

二階の窓から垣間《かいま》見ただけでもあれほど美しかった獣を、今度は間近で見てみたい。

それは幼い朋成が抱いた夢の一つであり、美しすぎる獣への想いはどれほど熱っぽく宥経に語っても一蹴《いっしゅう》されるばかりだった。

そもそも昂神家は白虎《びゃっこ》との縁が深い。

人生の通過儀礼を行う瑞月穂《みずほ》神社でも、主祭神《しゅさいしん》の神使《しんし》である白虎が虎神となり祀《まつ》られている。

「こんなに会えないなら、やっぱり夢なんじゃね？」

宥経はやはり信じてくれないまま、この話題はいつもここで終わりを迎える。

「違うのに……」

頬《ほお》を膨らませつつ、布団を畳んで押入れに仕舞う。

物心つく前からずっと同じ部屋で寝起きしていたのに、中学に上がると朋成が勉強する明かりが眩《まぶ》しくて眠れないと宥経が言い出して、部屋が別々になった。

宥経に疎まれたようでショックだったし、これまでずっと一緒だったから離れることは寂しくて堪《たま》らなかった。

せめて隣の部屋にしてほしいとの願いは叶《かな》わず、母屋の比較的玄関に近い部屋に宥経が、これまで一緒にいた二階の部屋を朋成が一人で使うようになった。

それからあっという間に二年が経った。

子供の頃の天真爛漫《てんしんらんまん》さはすっかり影を潜め、引っ込み思案で臆病になってしまった朋成とは対照的に、楽天家で逞《たくま》しく育った宥経は親子ほども年の離れた長兄――頼経《よりつね》によく似た面差しに成長し、学年一のモテ男へと変貌《へんぼう》を遂げていた。

（ほんとにずるいよなぁ……）

同じ筋肉トレーニングをしているはずなのに、どうしてこんなに差が出てしまうのだろう。

思わずそう独りごちてしまうくらいに、一卵性双生児であることが嘘《うそ》としか思えないように年月が二人の性格や容姿にずれを生じさせていた。

「さっさと着替えろよ」

壁に凭《もた》れて腕を組む宥経が、苛立《いらだ》った様子のままのんびりしている朋成の行動を煽《あお》る。

「わかってるって！」

慌てて寝巻き代わりの浴衣《ゆかた》の帯に手をかけたものの、半身からの視線になぜか羞恥心《しゅうちしん》を覚えてしまった朋成は解くことに躊躇《ちゅうちょ》して手を止めた。

「見張ってなくてもすぐ行くから……」

襖《ふすま》を開けると、半ば強引にその背を廊下へと押し出した。しっかりとついている筋肉が、手のひらを押し返してくる感覚とその熱さに腰の奥がざわめく。

「早く下りてこないとトモの分まで食っちまうからな」

宥経がそんな憎まれ口を叩《たた》き、階段を下りていく音が遠ざかっていく。朋成は自分の手のひらに視線を落とした。

いつからだろう。

宥経の硬く張り詰めた筋肉を、もっと触ってみたいと思うようになったのは。

朋成は手の中に残る感触をぎゅっと握りしめると、小さな溜息《ためいき》を吐《つ》いた。

朝食は母屋で六時半から。

それが物心ついた時からの昂神家のルールだ。

制服に袖を通し、古い床板が軋《きし》む音を聞きながら階段を下りる。

「おはようございます」

居間の入り口で一礼すると、両親と頼経、宥経、そして従兄《いとこ》の南瀬名《みなみせな》がすでに席に着いていて、食事を始めていた。

五分過ぎてしまったが、父の幸成《ゆきなり》が何も言わず、母の美郷《みさと》がご飯をよそった茶碗を差し出してくれたので、どうにかセーフということだろう。

安堵《あんど》の息を内心で漏らしつつ、定位置である宥経の隣に腰を下ろすと、食卓を囲む輪に加わる。

「トモ、おはよう」

向かいの席の瀬名が優しい微笑《ほほえ》みを向けてくれる。

中学の教師をしている瀬名は頼経の従弟《いとこ》であり、双子にとっては年の離れた従兄だ。二重の綺麗《きれい》な双眸《そうぼう》や細い鼻梁《びりょう》、小さく形の整った唇、バランスの取れすぎたその容貌《ようぼう》は男性だと思えないほどに美しい。

頼経と仲のいい瀬名は頼経が暮らしている離れに泊まることが多く、必然的に一緒に食事のテーブルを囲んでいたので、瀬名は双子にとって従兄というより、もう一人の兄のような存在だった。

「おはよ。来てたんだ」

「帰るつもりだったんだけどね」

瀬名は苦笑すると、ちらりとその隣に視線を向ける。きっと頼経が我《わ》が儘《まま》を強いたのだろう。同い年ゆえの気楽さからか、頼経は瀬名をよく困らせているようだった。

「瀬名ちゃんに、我が儘ばかり言ってはダメよ」

三十代の半ばを過ぎても母に窘《たしな》められ、話題に上がってもなんら動じることなく沢庵を舵《かじ》っている頼経は、とかく強いハートの持ち主だった。

昂神家は百五十余年、九代続いている名家だ。

一族は本家を中心に東西南北に配置された土地で生活していて、瀬名の『南』という苗字《みょうじ》も、名前の通り本家から見て南側にあることからつけられたものだ。

誰よりも厳しかった祖母が亡くなってからはだいぶ雰囲気が変わったらしいが、柵《しがらみ》の多さからひどく堅苦しく、大人たちの本家への苦手意識は根強かった。未だに当主である幸成に対してよそよそしい親族も多い。

そのため、瀬名のように気軽に宿泊し食事の席に混ざっていることはかなり珍しいことだった。

子供の頃、それを不思議に思って両親に訊《たず》ねてみたことがあるが、瀬名は頼経のパートナーだから問題ないの一点張りで、具体的なことは何も解《わか》らなかった。

朋成には二人の関係が今ひとつよく理解できないけれど、初恋の人がいくつになっても綺麗なままだというのは存外嬉《うれ》しい。

「そろそろ行くね」

瀬名が隣に座る頼経に合図をするように小さく囁《ささや》いた。頼経は無言で瀬名の頰を親指で摩《さす》る。犬猫に対するような仕草ではあるが、見ている方がなんだか気恥ずかしくなる。

「ご馳走《ちそう》様でした。行ってきます」

食事を終えた瀬名は周囲に挨拶《あいさつ》すると、ほとんど畳を軋ませない優雅な歩き方で居間から廊下へと滑り出た。

「瀬名ちゃん、神社に行くよね。追いかけてもいい？」

ほっそりとした背中に声をかける。

「いいよ」

振り返った瀬名はふわりと笑むと、一人先に家を出た。

瀬名がこんなに早い時間に家を出るのは、瑞月穂神社への参拝のためだ。

天候や曜日に一切関係なく、決して途絶えることなく繰り返されるそれが瀬名の日課らしい。朋成は慌てて朝食をお腹に押し込むと、二階へと鞄《かばん》を取りに戻り瀬名を追いかけた。

急いだつもりだったのに、神社に到着するまでの道で瀬名に追いつくことができなかった。手水舎《てみずや》で手と口を清め、境内へと進む。

昴神家の人間と密接な関係があるからなのか、この神社に足を踏み入れると不思議と気持ちが安らぎ、呼吸がしやすくなる。

朝陽を反射して煌く社の優美さをうっとりと眺め、綺麗な玉砂利を踏みしめながら、森林の香りを含んだ清浄な空気を肺に満たすようにゆっくりと深呼吸した。

大きく背伸びをする。

朝露の匂《にお》いも含んでいる、この時間帯の空気が一番澄んでいて大好きだった。

再び歩き始めると、和装の人がベンチに腰かけている姿が目につく。朝は職員以外で和装の人に遭遇することはほとんどないので、珍しさからつい不躾《ぶしつけ》な視線を送ってしまう。ぴんと伸びた背筋が印象的だった。

（綺麗な人……）

切れ長の二重、高い鼻梁、緩やかなカーブを描く唇。瞬《まばた》きのたびに音がしそうなほどに長い睫毛《まつげ》は頬に影を落としている。顔のすべてのパーツが完璧《かんぺき》なバランスで配置されている、その見目麗しい若い男性は、ただ座っているだけなのに、まるで絵画のようにさまになっていた。ここまで綺麗な男性を目にしたのは初めてだった。もちろん異性でもお目にかかったことはない。

瀬名や頼経もかなり美形な方だと思うが、美しさの種類がまるで違う。

腰まである白銀の長い髪が風に煽られて、たなびいている姿さえ思わず溜息を漏らしてしまうほどに麗しい。

ほんの少し指先で触れただけで粉々に崩れてしまいそうな、薄氷のように脆《もろ》く儚《はかな》げな面差しは、とても同じ人間だとは思えない美を備えていた。

視線を感じ取ったのか、青年が徐《おもむろ》に顔を上げた。そして見られたお返しだと言わんばかりに、じっとこちらに視線を送ってくる。

魅入られるとはこのことだろうか。

相手の危険性も顧みることなく、誘蛾灯《ゆうがとう》に誘引される蛾のごとく、青年の傍らへとふらふら近寄ってしまう。間近で見るとなお美しさが際立っていた。

くん、と青年は何かを嗅《か》ぐような仕草を見せた。

朝食に何か臭《にお》うものがあっただろうか、と内心焦りながら思い返していると、青年が静かに口を開く。

「――昂神のところの子供ですか」

その声は低すぎず、柔らかで風が吹き抜けていくような清々《すがすが》しさを含んでいた。

耳朶《じだ》を擽《くすぐ》る優しい口調は、どこか古めかしくも感じる。

どうして自分が昂神家の者だと解ったのだろうか。

不思議に思ったけれど自分が知らないだけで、青年はこの神社の神職の一人なのかもしれない。

「あの……」

話しかけようとした瞬間、背後から聞き覚えのある声に名前を呼ばれた。振り返ると追いかけていたはずの瀬名がひらひらと手を振っている。

「瀬名ちゃん」

朋成が境内でモタモタしている間に、瀬名は参拝を済ませたようだった。

「遅いから心配したよ。こんなところで何してるの？」

「え？」

予想だにしない言葉を向けられて、慌ててベンチに向き直る。視線を外したほんの数秒の間に、たった今言葉を交わしていたはずの青年の姿が掻《か》き消えていた。

まるで狐《きつね》にでもつままれてしまったような心地になる。

ほんの少し寂しい気持ちを覚えたけれど、これ以上瀬名を待たせるわけにもいかない。

「もうちょっとだけ待ってて！　お願いっ！」

顔の正面で手を合わせぺこりと頭を下げると、急ぎ足で拝殿へ向かう道の玉砂利を踏みしめた。

「ヒロは神社に全然興味ないのに、双子って面白いね」

参拝を済ませ、学校と駅の分岐路までの道を並んで歩いていると、瀬名が楽しげに微笑《わら》った。朋成と対照的に宥経は神社に用もなく足を運ぶことは皆無なので、瀬名の目には不思議に映るらしい。

瀬名の参拝の目的は、御礼参りなのだと以前教えてもらった。

感謝してもしきれないから。

そんなふうに聞かされたけれど、十数年も毎日参拝するほどの感謝というのは一体どんなものなのか、朋成には少しも見当がつかなかった。

神社はすごく好きな場所だけれど、朋成はこれまで神仏に対して、そこまで深い感謝を抱いたことはない。

（やっぱり瀬名ちゃんも一族の大人なんだな……）

こんな形で再認識してしまうのは、朋成には一族の大人のすることはどれもこれもぴんとこないからだ。

昴神家は朋成がうんざりするほど古い仕来りに塗《まみ》れていて、当然のことながら長子相続が根強く、代々長男が家を守っている。

けれど物心ついた頃、昴神家を継ぐのは長男の頼経ではなく、次男の朋成なのだと告げられた。

本来であれば長男である頼経が家の跡を継ぐべきなのだ。

頼経は父が認めるほどに弓道の実力があるにもかかわらず、実家の道場に関しては手伝い止まりで、普段は大学弓道部に指導者の一人として在籍し、全国大会常連出場校のバックアップをしている。威厳さえ感じるその立ち居振る舞いを見る限り、跡継ぎとしてこの上なく適任だ。

それなのに頼経を差し置いて、素質や器を持たない自分が昂神家の次期当主に据えられることは、とてもではないが理解できなかった。

勿論《もちろん》その理由を事細かに話してもらえるわけもなく、幼い頃の頼経がそうだったようにいろんな習い事を強いられ、次期当主になるための心構えを刷り込まれた。

一族の大人とは一生解り合えないのだと、幼い頃から痛感させられている。

考え込んでいると、突然脇から飛びつくように腕を組まれた。わざとらしい仕草で胸を押しつけられて、思わず身体が強張《こわば》る。心当たりは一人しかいない。

「ヒロくん、おはよっ」

二重の大きな双眸、グロスで艶々《つやつや》した唇。明るい髪は頭の高い位置でまとめられ、首を傾《かし》げるたびに動物のしっぽのようにふわふわと揺れる——それは宥経の彼女だった。

その存在を認識した瞬間、腹の奥の方で黒い靄《もや》が蠢《うごめ》き、神社でいただいてきた良い気が一気に霧散したのを肌で感じる。降って湧《わ》いた存在に瀬名が目を丸くした。

「おれ、朋成だけど」

「えっ！　わ、ごめんね。後ろから見たらヒロくんとそっくりだったから」

手のひらを合わせて、上目遣いの可愛《かわい》いポーズを見せてくる。

背後から見れば同じ制服を着て、同じくらいの背格好であれば大抵の人間はそっくりに見えるだろうに、間違えても咎《とが》められないことを確信しての行動に、呆《あき》れて言葉も出てこなかった。彼女と言葉を交わすと、朋成の心の底に小さな苛々が積み重なっていく。

「トモのお友達かな？　おはよう」

瀬名からの挨拶に、彼女は一気に食いついた。

「おはようございますぅ！　ヒロくんたちのお兄さんですか？」

獲物を狙《ねら》うように、爛々《らんらん》と輝く瞳《ひとみ》。

どうやら瀬名のことを探るために、宥経と間違えた振りをしてきたようだ。こんな計算高い一面にも辟易《へきえき》する。

「従兄だよ。ごめんね。おれたち、ちょっとこっちに用があるから」

瀬名よりも先に返事をすると、通学路から大きく外れた道を指差した。取りつく島もない朋成の態度にはもう慣れたのか、作り上げられた完璧な笑顔を返される。

「そうなの？　じゃあまたあとでね」

ひらひらと手を振り、スカートの裾《すそ》を翻す。その背が振り向かないことを確認すると、やむなく予定外の道へと踏み出した。

どうせならばと瀬名が使う駅の方に一緒に向かい、Uターンしてくることにする。

「あの子、ヒロの彼女でしょ」

勢いに押されていたのか、ようやく瀬名が口を開いた。やっと振り切れたのに、彼女の話題が続くことが若干不愉快だった。

「――なんでわかったの？」

うっかり眉間《みけん》に皺《しわ》を寄せてしまうと、瀬名の親指が皮膚を均《なら》すように朋成の額を軽く擦った。

「昔の頼経の彼女があんな感じの子ばっかりだったからね。でもトモが女の子にそんな態度とるの、珍しいね」

「……ヒロとエッチしてるとこ見ちゃって気まずいんだ」

本当はそれだけが理由ではないけれど、それも真実のうちの一つだった。心情を素直に吐露すると、瀬名の手が優しく背中を叩く。

「そっか。びっくりしたね」

たったそれだけの言葉なのに、瀬名は何もかも理解してくれたようだった。

親や兄にも言えないことでも、なぜか瀬名にはするりと話してしまえるのは、昴神家の一族が持つ威圧感がないからなのだろうか。


二週間前、教室でエッチな写真集が出回った。

宥経と間違われてクラスメイトたちからそれを見せられた朋成は、初めて目にした若い女性の裸体と、あまりにも過激な内容に椅子《いす》から転げ落ちた。

間違えたことを詫《わ》びつつも、クラスメイトは初心《うぶ》な朋成が逃げてしまわないように拘束し、揶揄《からか》いながらページを繰った。

捲《めく》れども捲れども肌色しか写っていないページは、次第に男女が絡み合う卑猥《ひわい》なものになっていった。

ほんの五分足らずの出来事だった。

それなのに未知なるものへの過剰反応からか、朋成は強すぎる頭痛に苦しめられた。辛うじて午後の授業までは受けたものの、とても部活に行ける体調ではない。

やむなく部活は休むことにして早々に帰宅した。

早く布団の上で横になりたい。

それだけをひたすら願いながら、母屋の玄関に鍵《かぎ》を差し込んだ。鍵穴がくるりと回り小気味よい音がする。しかし引き戸に手をかけると扉は開かず、逆に鍵がかかってしまったようだった。

母は駅前の華道教室で生け花を、父は市の運営する道場で高校生に弓道を教える日で、誰もいないはずなのに、そろりと開けた扉の向こうの三和土《たたき》に、乱雑に置かれている宥経のスニーカーが目についた。その隣に小さな靴が揃《そろ》えられている。

それが母のものではない女性用の革靴だということに気づいた瞬間、ざらりとしたもので一気に心臓を舐《な》められたような気がした。

入り口のすぐ脇にある宥経の部屋の引き戸を少しだけ開け、そっと中を窺《うかが》う。

予想通り宥経は彼女を連れ込んでいて、二人は朋成がテレビドラマの中でしか目にしたことのないキスをしていた。

小柄で色白で華奢《きゃしゃ》で、栗色の柔らかそうな髪のようにふわふわとした空気感を漂わせている彼女は、誰に聞いても可愛いと称されている。

けれど女子だけの会話を耳にすると、言葉の端々にあからさまな優越感を覗かせていた。

朋成はそんな彼女が苦手で、彼女もまた一卵性双生児でありながら、あまりにも宥経と違いすぎる朋成を苦手としていた。

（家にまで来んなよッ！）

邪魔をするために、部屋に踏み込む決意をする。

「……あん……っ」

引き戸を強く摑んだ瞬間、朋成の耳殻に滑り込んできた濡《ぬ》れた声に、身体が一気に強張った。

彼女のセーラー服の胸元は、小動物でも入り込んだかのようにもぞもぞと蠢いていた。そうするうちに制服の上着がはだけ、中学生にしてはたわわすぎる二つの果実が下着の中から零《こぼ》れ落ちる。その時朋成は初めて、宥経の手のひらが制服の内側に潜り込み、柔らかそうなその肉を揉《も》みしだいていたことに気づいた。

宥経が彼女の細い首筋に唇を寄せると、真っ白な両腕が宥経の首筋に絡みついて、彼女の鼻にかかった甘い声がひっきりなしに部屋の中に零れていく。

宥経がセックスしている姿。

それは朋成にとって、あまりにも衝撃的すぎる光景だった。

音を立てないように、足音も息さえも殺して自室に逃げ帰る。

いつもならば綺麗にハンガーにかけて仕舞う制服を乱雑に脱ぎ捨てると、押入れから引っ張り出した布団の中に潜り込んだ。

頭痛がひどくなっていた。

こめかみでどくどくと血管が強く脈打つたびに、目眩《めまい》がして強い吐き気が込み上げてくる。

(どうしておれがこんなにも苦手な人を、宥経は好きになるのだろう)

小さな頃からいつも同じものが好きだったのに、宥経がガールフレンドと親しい交際をする姿を目にするようになってから、自然とそんな疑問を抱くようになった。

成績は朋成の方がよくて、運動神経は宥経の方。

弓道は宥経の方が上手かった。

小さな頃は二人ともに人懐っこくて可愛がられていたのに、大きくなってからは宥経だけが、親戚《しんせき》の叔父叔母《おじおば》たちのアイドルだ。

それを悲しいとも、悔しいとも思わなかったのは、朋成にとっても宥経は一番大切な存在だったからだ。

多方面の魅力に溢《あふ》れる宥経は、誰からも愛されるに足る存在だったから、そんな存在が自分の弟だと思うだけで鼻が高かった。

頼経と瀬名のように、ずっと一緒に寄り添って生きていけると思っていたし、宥経も同じ気持ちでいてくれると思っていた。けれどガールフレンドを優先されることが増えていくたびに、同じ場所になんかにいなかったことに気づかされた。

宥経と自分はかけ離れた場所にいる。

（ヒロ……助けてよ、ヒロ……）

心の中でどれほど縋《すが》っても、あんなふうに彼女に夢中になっている姿を見てしまうと、絶対に助けになんて来てくれないことをまざまざと見せつけられたような気がした。苦しくて堪らない。

布団の中で丸まっていると、不意に教室で見たグラビア誌の女の子のあられもない痴態が脳裡《のうり》に蘇《よみがえ》ってくる。クラスメイトを恨めしく思った。

あんなものを見なければ部活にちゃんと行くことができて、こんな思いをすることはなかったのだ――。

唇を嚙《か》みしめ、脳裡にこびりついた記憶をどうにか追い払おうと、布団に額を強く押しつけながら呻《うめ》く。

けれど皮肉なことに、忘れたいと願えば願うほど、一瞬しか垣間見ていない光景が細部まで鮮明に蘇ってくる。

（なんでだよ……!!）

セックスの行為そのものを目の当たりにしたことはないのに、翼を得てしまった想像力が宥経と彼女をキャストとして、ありもしない光景を繰り広げていく。

白い裸体に絡む太い腕が宥経のものに、そしてカメラ目線だった淫靡《いんび》な表情が彼女の顔へと記憶まで上書きされる。

ずきん。

下肢に信じられないくらい強い痛みを感じた。

そのうえ発熱し、呼気を吹き込まれる風船のように少しずつ膨張していく。

あまりの痛みと熱に恐怖心すら抱き、そっと手のひらを添えてみる。朋成の分身は信じられないくらいに硬くなり、腫《は》れあがっているように感じた。

どうすればこの痛みから逃れられるのか解らなくて、握りしめれば萎《しぼ》んでしまうのではないかと、半ば願うようにぎゅっと摑むと新たな痛みが生まれた。先端から透明な液体が零れ始める。

（嘘だ……！）

中学生なのにお漏らしをしてしまった。

朋成は一気に顔色を青褪《あおざ》めさせ、下着をずらしたまま先刻脱ぎ捨てたシャツを摑んだ。

小水を拭《ふ》き取ろうと先端を拭《ぬぐ》うと、微弱な電流が流れたようなじんとした痺《しび》れが背筋を駆け抜けていく。

痛みの正体を検分するべく、恐る恐る幹を摩る。

――ふと、これが宥経の指だったら、と想像してしまった。

彼女の胸を弄《まさぐ》るように、朋成の分身に宥経の十本の手指が蛇のように絡みつく。妄想の手指に揉みしだかれていくうちに、ぞくぞくと背筋を駆け上がってくるのは快感だった。

（なにこれ、きもちいい……）

しゅっ、しゅっ、と誰に教えられたわけでもないのに、分身をリズミカルに上下に扱《しご》く。強めに握ると快感が強くなった気がして、力を込めるたびに生まれる新たな快感に我を忘れた。

手が止まらない。

もっと早く、もっと強く。

急《せ》かされるように扱き続けていると、腰の奥の方から重量感を伴った快感が突き上げてくる。それに押し出されるように、朋成の分身からは白濁した蜜《みつ》がぱたぱたと滴り、シーツの白に同化した。

すべてを零し終えると、マラソンをしたあとのように息が上がっていた。

もやもやとした感情までも吐き出すことができたようで、頭の中も一気にクリアーになる。

（――これって……）

初めての射精――精通したのだ。

シーツと分身を握りしめていた両手を汚した白濁と、部屋に満ちる独特の青臭さ。

それが避けることのできない第二次性徴なのだと知識では知っていたけれど、弟の手の感触を妄想し、とり憑《つ》かれたようにマスターベーションをした結果、迎えることになるとは思ってもみなかった。

目の前が、真っ暗になった。

「――なんでみんなエッチなことするのかなぁ……」

宥経の手のひらの感触を想像して自慰をしてしまった。

少なくとも自分の周りにいるクラスメイトたちは、兄弟間での性行為を想像することはないだろう。

自分はまともな人間ではなかったのだと、自覚するには十分すぎる事件で、あの時の感情や光景がほんの少し脳裡に蘇るだけで、罪悪感で押し潰《つぶ》されそうになる。

自慰。

それは成長段階の男子には極めて必要なことだと頭では理解していても、テレビドラマ、小説、漫画の中のそういった性にまつわる描写で過剰反応してしまい、そしてそこから大きく逸脱してしまった自分と比較しては、自己嫌悪に陥っている。

「なんで、かぁ。難しい問題だね」

「気持ちいいから？」

「オレは気持ちいいだけが理由ならマスターベーションで十分だと思うよ。やっぱり相手のことが大好きだから、触れたいし、触れられたい。その幸せな触れ合いの先にあるものがセックスなんじゃないかな」

爽《さわ》やかな朝には程遠い話題だ。

けれど瀬名は真摯《しんし》に向き合ってくれようとしている。

「でも世の中には自分の辛《つら》さや寂しさを誤魔化《ごまか》すためや、相手を助けるために必要に駆られてセックスする人もいる。傷つけようとしたり、傷つけられたいと願ったりする人もいるから簡単にカテゴリー分けはできないけど、そんな時のセックスはやっぱり気持ちいいばかりではないと思うよ」

いつもはふわふわとした優しい雰囲気を纏《まと》っている瀬名が、ほんの数分でキリリとした先生の表情になっていた。このギャップも瀬名の魅力の一つなのだろう。

「……もしかして、トモも彼女できた？」

この押し問答が回りくどい報告だと思われたのか、瀬名が一瞬嬉しそうな表情を浮かべた。慌てて首を振ると、「なんだ、残念」と肩を落とす。

「おれはそういうのいいや。向いてないみたい」

「何言ってるの。まだ中二なんだから、心配しなくて大丈夫だよ。これから身体と心が大人になったら、頼経みたいにスーパーモテ男になるよ」

「何それ」

瀬名の励ましてくれる言葉が可愛らしくて、思わず微笑ってしまう。

「頼兄、超モテてたんだよね？　ヒロは頼兄に似たんだろうな」

頼経は変わり者なのか、母屋に部屋は腐るほどあるというのに、朋成たちが生まれる以前から離れの部屋で暮らしている。

離れでの頼経は幸成の目が届かないのをいいことに、基本的にだらだらしているか、瀬名にひたすら甘えている。そんな姿しか目にしていないからつい忘れがちになるが、確かに頼経の顔立ちはずば抜けて端整だ。

瀬名が懐かしそうに遠い目をする。

「いつもたくさんの女の子を侍《はべ》らせてたよ。オレが女の子から呼び出された時は百パーセント、頼経と仲を取り持ってほしい、って用件だったもん」

どうやら、まるっきり今の宥経と同じ状態だったようだ。

「そうしたら、頼兄の面倒を見るの大変だったんじゃない？」

小学校の時はこんなことはなかった。

けれど中学に入学してから身長が伸び始めると、二人を取り巻く状況は一変した。

宥経と仲良くなりたい女の子たちは、朋成の都合はお構いなしで仲を取り持ってもらいたがるし、同じ顔だからと代わりにしようとしたりもする。

つい冷たい対応をとってしまいがちになるのを反省するけれど、こんな状況が一年以上も続くとさすがに相手をするのが疲れてしまった。

「仲が良かったら、今のトモみたいに大変だったかもね」

「え？」

あまり目にしたことのない、瀬名のどこか憂えるような表情に心臓がどきりとする。

「ちょっといろいろあって小学校の終わりから全然話してなかったからさ。ちゃんと話すようになったのは大学二年だし」

てもきっと信じられなかった。


「ええ！　なにそれ」

「ほんと、なにそれだよねぇ」

一瞬でもう、いつもの瀬名の表情に戻っていた。

まるで恋人同士のようにいつでも仲のいい二人に、そんな険悪な時期があったなんてと

ても信じられなかった。

思わず詰めていた息をそっと吐き出す。

瀬名の表情が翳《かげ》ると、何もできないくせに、どうにかしなくてはならないと焦ってしまう。子供の頃からの癖はなかなか消え去ってはくれないようだ。

「――話さなくなった理由はなんだったの？」

「なんだったかな。もう忘れちゃった」

いつもならどんなことでも朋成が納得いくまで話をしてくれるのに、やんわりとはぐらかされたことで、その事由が瀬名にとっていい思い出ではないことを悟る。

「駅に着いたよ。ほらトモ、ちゃんと学校に行ってね」

手のひらがとんと背中を押した。

瀬名は朋成が知る大人の中で、誰よりも優しい人だ。

十年以上の年月を重ねても完全に癒《い》えない、深い傷が刻まれた瀬名の胸の裡を思うとこ

ちらが苦しくなってきた。心配そうに見つめると瀬名から見当違いの励ましを貰《もら》う。

「多分あの子とは長続きしないと思うから、あんまり気にしなくて大丈夫だと思うよ」

「えっ、なんで!?」

「大人の勘？　ヒロもそのうち落ち着くと思うから」

いってらっしゃい、と見送る言葉とともにひらひらと手を振られる。

それに応じて振り返すと、朋成はようやく学校へ向かう道へと歩き始めた。

(本当かな……)

瀬名の言葉だから信じたいのに、それと同じくらいに育ってしまった猜疑心《さいぎしん》が朋成の心の中でせめぎあっている。

(あんなことした相手と、簡単に別れちゃうのかな……)

――あの日生まれた形のないもやもやとした感情。

それが朋成を苦しめるのは、宥経の彼女たちの存在だけではなく、見えざる手によって目の前に引きずり出された、腸のようにグロテスクで醜い朋成自身の欲望だった。

思い返せば子供の頃からずっと宥経と一緒にいたかった。

幼稚園の時も、小学校の時も、クラスの可愛い女の子とペアを組むよりも、宥経とペアを組みたかったし、宥経とペアを組める女の子の存在を心の底で面白くないと感じていた。

瀬名のことが好きだったのも、本当は瀬名になりたかったからかもしれない。

——宥経が瀬名のことを大好きだったから。

「ほんとに落ち着く日なんてくるの、瀬名ちゃん……」

宥経が女の子といない日がくるなんて到底思えなかったし、自分の裡に芽生えた感情があまりにもどす黒すぎて打ちひしがれる。

朋成は自分の未来に絶望という暗い影が差してしまったことをただただ哀しみ、受け入れざるをえなかった。

振り返ると改札を抜けようとする瀬名の背中がまだ見えた。

瀬名に相談すれば、この気持ちに片をつけることができるのだろうか。

そう考えて、打ち消すように頭を振る。

精通したあの日、朋成は自慰を覚えてしまった。

それは明らかに昨日まで知らなかった行為なのに、自分の手のひらから深い快楽が生まれることを覚えてしまうと、その快感を忘れられなくなってしまった。

分身に触れる時は、宥経の手のひらの感触を想像しながら気持ちを重ねてしまう。

恋人同士のように宥経に触れられたいと願ってしまうがゆえに、それを甘受できる彼女の存在を妬《ねた》ましく、そして同時に疎ましく思うのだ。

性徴は男性としては当然通るべき誰の前にも続く道のはずなのに、天から大きな柵が降りてきて、それ以上進ませてもらえなくなったように感じた。

柵がなくなったとしても、その向こうに続くのは、照明の落とされた細く暗い道。

身の裡にこんなにも醜い感情が巣食っていることを、大好きな瀬名に知られて、嫌われたくはなかった。

瀬名の姿が見えなくなると、抱えた負の感情に耐えきれなくなり、朋成はそのままずるずると地面にしゃがみ込んだ。

Ⅱ　覚醒《かくせい》

満月の夜、いつものように月を見ようと障子を開けた。サンルームのように張り出した板間にぺたりと座り込むと、解錠して窓を開け放つ。

冷やりとした空気が一気に室内に流れ込んできた。

夏の終わりにしてはずいぶん肌寒く感じる。

「綺麗……」

墨を流したような空の中、満ちた月が通常期とは比べものにならないほど眩い光で下界を照らしていた。

またあの虹色に煌く被毛を持つ、神々しいまでに美しい獣に会えないだろうか。

満月のたびにそんな思いを抱きながら庭を眺めているが、どうやら今夜も訪問してもらえそうになかった。一時間ほどで諦《あきら》め、窓を閉めようとサッシに手をかける。

――突然、なんの予兆もなく朋成の身体中の関節が痛み出した。

追いかけるように強い胸やけに襲われたため、咄嗟に脳裡に浮かんだのは食中毒の可能性だった。込み上げる嘔吐《おうと》感を抑え込みながら、夕飯の内容を思い返す。

鮪《まぐろ》と鰤《ぶり》の刺身、筑前《ちくぜん》煮、ご飯、味噌《みそ》汁、香の物。

刺身の鮮度には何も問題はなかったし、朋成は食物アレルギーの体質ではないことから食事が原因ではなさそうだと判断できた。

（あとは……？）

さらに思考を巡らせようとすると、鳩尾《みぞおち》に鈍痛が走った。大きな手のひらの中にぎゅっと握り込まれているような胃の痛みに声も出ず、朋成は床の上でダンゴ虫のように固く丸まる。繰り返される不快感の強い波に堪《こら》えきれずその場で嘔吐した。辛うじて吐き出せたのは胃液だけだったが、胃酸が逆流したことで食道に焼けつくような新たな痛みが生まれた。

何度目かの大きな痛みの波に耐えきれず、朋成の意識が遠退《とおの》いていく。

頬に触れた板間の冷たさが心地よくてそっと目を閉じると、重くなっていく身体が畳にめり込んでいくような錯覚を覚えてくる。

どれくらいそうしていただろうか。

寝そべっているだけの身体に、強すぎる違和感を覚えてどうにか上半身を起こし、部屋の隅にある姿見へとずりずりと下肢を引き摺《ず》りながら移動する。

鏡面に映し出されたのは、信じられないことに四足の獣――白銀の被毛を持つ獣の姿だった。

どんなに目を凝らしても、映っているのは自分ではないのに、この部屋にいる以上必然的にこれが自分の姿なのだと認めざるをえなかった。

（これって……）

よくよく見れば犬でも虎でもない。ひどくアンバランスな顔立ちはいつか庭で見かけたあの美しい獣とは程遠く、かつて目にしたことのある別の生き物の存在を記憶の底から浮かび上がらせた。

ずきん。

遠いところにある記憶を呼び起こそうとすると、こめかみに強い痛みが走る。

（動物園？　違う。どこだ、どこで見た……？）

痛みを堪えつつ辿《たど》っていくと、澄んだ瞳を持つ美しい獣――自分たち双子がそれを『にぃにぃ』と呼んでいた獣の姿が脳裡に浮かんだ。

その瞬間、幼い頃の記憶が一気に蘇る。

（確か……）

畳の上で悠々と寝そべる、白銀の被毛を持つ大きな獣。子供の頃、にぃにぃと呼んでその大きな体軀《たいく》にしがみついては遊んでもらっていた。

浮かんだ記憶の中の背景は、子供の頃から見慣れた離れのもので、その部屋の扉には、外側から誰かに封じ込められていたとでもいわんばかりの、木製の大きな閂《かんぬき》がされていた。

（そうだ）

ある春の日、なんの前触れもなく、一緒に遊んでいたにぃにぃが人間に変身したのだ。

今、自分たちが頼兄と呼んでいる人の姿へ――。

（――あのあとから獣だったにぃにぃを見かけなくなったんだ……）

子供の頃に見たならば、絶対忘れることのできないインパクトの強い出来事を、なぜかすっかりと忘れてしまっていたことに愕然《がくぜん》とした。

けれど今の状況は夢ではなく、混乱の最中にいる自分が助けを求めることができる人は一人しかいない。

開けたままの窓から庭へと飛び降りる。

二階だというのに、転落に対する恐怖心は一切生まれなかった。

足裏に痛みを感じることなく軽やかに芝生の上へと着地すると、庭から母屋の端を担う長兄が暮らす離れへと一気に駆けた。獣の足ではノックはもちろんのこと、中へと続く扉を開けることができなかったので、窓側に回り込み壁に体当たりをする。

ドーン、ドーン。

三回目の直前にカーテンが開き、頼経が訝《いぶか》しげな表情で顔を覗かせる。

「にぃにぃ！」

咄嗟に呼び名が子供返りした。

縋るように呼んだ瞬間、頼経の顔が一気に青褪めた。自分が発した言葉が無事に伝わったことは理解できたが、いつも飄々《ひょうひょう》としている頼経のそんな表情を目にしたのは初めてだった。

「朋成なのか!?」

呼びかける声の微妙な音程を聞き分け、こんな姿になっているにもかかわらず朋成だと気づいてくれた。

「にぃにぃ……！」

頼経の腕の中に半ば体当たりするように飛び込む。いつもはびくともしない頼経が獣の巨体に伸しかかられた衝撃で尻餅《しりもち》をついた。

朋成の変わり果てた体軀にも怯《おび》えを見せることなくしっかりと抱きしめてくれ、大きな

手のひらが優しく頭を撫《な》でてくれる。

「大丈夫だからな」

その声はいつもよりもずっと優しく響いて、朋成の鼓膜を震わせた。


丑三《うしみ》つ時が迫ろうとしている時間に離れに呼び寄せられた両親の表情はさすがに険しいものだった。とはいえ取り乱す様子もないので、息子がこんな姿になってしまった割には冷静な方だと言える。

美郷は朋成に寄り添い、今にも泣き出しそうに瞳を潤わせながら、白銀色の被毛にびっしりと覆われている背を撫で続けていた。幸成が重すぎる溜息を吐く。

「――精通したのは最近のことか？」

向けられた質問の内容に、朋成は思わず両目を見開いた。

幸成はとにかく堅物で、これまでただの一度もジョークを口にしたところを見たことがない。そんな幸成に思春期のデリケートすぎる話題を、こんなにもストレートに振られるとはまったく予想もしていなかった。

とはいえ家長からの質問である以上、答えなければならない。

「先月……です」

自分の第二次性徴が周囲よりもずっと遅いことは自覚していたので、込み上げる羞恥心から逃れるように、ぼそぼそと返答する。幸成は片手で顔を覆った。

予想が大きく外れたと言わんばかりのその態度を目の当たりにすると、言いようのない不安で胸がざわめく。

「――それは前回の満月後なのだな」

なぜそんな細かいことを聞かれるのか解らなかったが、思い返すと念を押された通りだった。頷《うなず》くと、幸成は何かを得心したようだった。

「父さん、宥経の時期を聞いていますか」

頼経が幸成の方へ身を乗り出す。

「小六だ。身体に特に変化はなかった。だからてっきり朋成ももう終えたとばかり思っていた……」

話題は自分たち双子の精通した時期についての確認のようだった。小学生の時、性教育の授業を受けたけれど、精通することがこれほどまでに大問題になるとは聞かされてはいなかった。

一体自分はどうなってしまうのか、ますます不安が胸に満ちていく。

「まさか双子でこんなにも差があるとは思わなかった」

「俺が十代目を辞退したことで、朋成が十代目だと見做《みな》されて課されているということでしょうか」

「十代目としての儀式はもう終えたはずだ。それにいまさらあの儀式を遂行しろと言われても、番《つが》う相手がいない。なぜ今頃になって……!」

戸惑《とまど》いや、激しい怒り。

それを向ける矛先が見つけられないのか、幸成が拳《こぶし》を畳に打ちつけた。こんなふうに感情を露《あら》わにする父親の姿を目にしたのは記憶にある限り初めてのことだった。

自分を取り巻く状況が、好ましくないものだというのは話されなくても解る。けれど儀式だとか番いだとかの聞き覚えのない単語が飛び交い、内容は少しも理解できなかった
「あの、儀式ってなんのことですか。話が見えません……」

不安を訴えると、幸成はいつもよりずっと深い皺を眉間に刻み、まるで鋭い痛みでも堪える人のような表情のまま朋成へと向き直った。

「またこの話をする日がくるとはな……」

そして訥々《とつとつ》と語り始めたのは昴神家初代当主——江上義元《こうがみよしもと》が山中の神域で引き起こした悲劇だった。

＊　＊　＊

若かりし頃から弓の名手であった義元は晩年も狩りを好み、山に入っては小動物を相手に自慢の腕を鳴らしていた。

ある日、通い慣れた山中で道に迷ってしまった義元は、夜の闇に怯え、その恐怖から一本の矢を放ってしまった。それが、あろうことか一頭の眩い光を放つ虎を討ち取ってしまったのだ。

白銀の被毛を持つ虎――それは古くから言い伝えられている、神域に生息する神の使いである白虎だった。

不可抗力とはいえ、義元は禁足地に入り込んだだけではなく、神使である白虎を死なせてしまった。

稀代《きだい》の弓の名手であっても、義元はただの人間でしかない。人間ごときの放った矢で、神使に傷をつけることができるとは、露ほども思っていなかったが、白虎を死なせてしまったことは揺るぎない事実で、義元は神の逆鱗《げきりん》に触れた。

『必ずや、お前の子孫を絶やしてやる』

どんな生き物から発せられたのか、予想することもできない音域の声が義元の脳裡で直接響いた。雨のように降り注ぐそれは、義元とその一族すべてを憎む言葉を溶かし込んでいた。

愛用の弓一式を放り出し、どうにか屋敷まで生還したものの、義元はそれからわずか一週間後、妻と息子や孫たちを残して急死した。

それから一ヶ月後、二代目である息子の義成《よしなり》も四十七歳の若さで急死。そしてさらに一ヶ月後、義成の息子尋経《ひろつね》も二十歳という若さで急死した。

事態を重く見た江上家の一族は、神の怒りがどうすれば鎮まるのか、教示を賜るべくあらゆる神社仏閣を渡り歩いた。しかし結果は芳しくない。

血筋が途絶えてしまうと、相続する人間がいなくなったと見做され、義元の築いた財産が主君に召し上げられるだけでなく、江上家が手に入れた弓衆《ゆみしゅう》としての職も奪われてしまう。

もしかしたらもう打つ手はないのかと、齎《もたら》された祟《たた》りに絶望しかけた頃、一族はとある神社に行き着いた。

白虎を眷属《けんぞく》として大切に祀っている――そこは義元に怒りの鉄槌《てっつい》を振り下ろした神が祀られている瑞月穂神社だった。

神使を殺《あや》めてしまったのだから、本来なら義元の所業は決して許されないことだろう。けれど縋る一族に救いの手を差し伸べてくれた宮司は、一人の若い神職の男を紹介してくれた。神通力を持つというその神主は、長い日数を費やして、神に怒りを鎮めてくれるように語りかけた。荒ぶっていた神はその神主の根気強さに折れ、自分の神使であった白虎を神として祀るようにと告げた。

その他いくつかの条件も出されたが、尋経の忘れ形見の一歳の息子、暁成《あきなり》を護《まも》るためにも、また一族が滅びないためにも江上家の一族は諸手《もろて》を挙げて快諾した。

神が神主を通して挙げた条件の一つに、社の建立があった。一族は宮司と相談すると、境内の一角に虎神となる白虎のための社を一ヶ月足らずで建立した。

出来映えには満足してもらえたが、これから先も江上家が信心を怠らないように、神は一族の血に怒りを注ぎ、まるで式年遷宮のような儀式を課した。

『次期当主が二十歳になるまでの半年の間、次期当主から十二ヶ月以内に生まれ、かつ異性の一族の子供を捧げなさい。その子供が伴侶《はんりょ》となり次期当主の身を巡る我の怒りを鎮めてくれるであろう』

神の言葉を神主に取り次がれた一族は、当然これにも異議を唱えることはなかった。

暁成が精通を迎えると、神の怒りに身体を奪われて獣化するようになることが判明した。

直系の次期当主だけに受け継がれるようになったそれを鎮めるために、暁成が二十歳になるまでの半年間、条件を満たした女子を捧げたところ、暁成は事なきを得た。

暁成の命が助かったことで、一族は年若い神主と瑞月穂神社に、絶大なる信頼を寄せるようになり、神社も江上家の寄進により敷地面積が増大し、大きくなっていった。

それからも一族は当主の妻が身籠《みごも》るたびに分家と協力して子供を作り、暁成の時と同じように条件を満たす女子を捧げ、代々、次期当主たちの命を繋《つな》げてきた。

儀式を重ねていくことで神の怒りがいつか完全に消える日がくるはずだという神主の言葉を信じて。

——そして江上家は、神を昂《たか》ぶらせた戒めとして、その家名を「昂神」と改めた。

十代目になるはずだった頼経も、かつて幸成がこなしたように儀式を終える予定だったが、伴侶となるはずの従妹《いとこ》の美羽《みはね》が亡くなってしまったことで、事態は急変したという。

歳《とし》の近い一族の子供は同性の瀬名しか残っておらず、代理の伴侶として据えてみたものの、儀式は失敗に終わり頼経は人間としての姿を失った。

＊　＊　＊

「……ちょっと待って、頼兄。儀式って何するの？」

幸成から訥々と語られた昔話に朋成は動揺し、上擦った声を上げた。

「セックスだ」

「は？」

「俺は自分が生きるために、瀬名を無理やり抱いた」

実は瀬名が女性だったなんてことは、一緒にお風呂《ふろ》に入ったこともあるので絶対にない。

頼経の言葉に、ふと先日瀬名と交わした会話を思い出す。

（だから……）

瀬名は快楽のためだけではなく、相手を助けるために必要に駆られてセックスする人もいると言っていた。

そんなふうに評することができるのは実体験だったからだ。

あの言葉たちには、突然同性とセックスしなければならなくなった瀬名の戸惑いや不安、悲しみ、いろんなものが凝縮されていた。

「そうだったんだ……」

仲のいい二人の間に、そんな儀式が介在していたなんて知る由もなかった。

しかし儀式は失敗に終わった。

頼経が人間に戻れなくなった七年半もの長い間、瀬名が毎日欠かさず参拝したことで神へと願いが届き、頼経がもう一度人間としての生を送れるようになった。

そんな大きな出来事があったのならば、瀬名がなぜ今でもあんなに熱心に神社に足を運んでいたのか納得がいく。

「俺の時に失敗しているから、その影響かもしれない。すまない、朋成」

「頼兄のせいじゃないよ」

頼経自身もこの血に苦しめられてきた当事者なのだ。謝罪されるのは、違う気がする。

身体に流れる血が神の怒りに染まっているのならば、それを鎮める方法をどうにか探し出さなければならないだろう。

二人の会話を朋成なりにまとめてみると、朋成の獣化については神の怒りから解放されるためのマニュアルがないことがはっきりした。

頼経と同じような儀式をするための伴侶たる存在もいなければ、かつての儀式の必要性の有無も解らないのだ。

何かしらの手段がなければ、人間としての生を失うだけでは済まないかもしれない。

周囲が必死に解決の糸口を探ろうとする姿をぼんやりと眺めながら、朋成はこのまま生きていくのも悪くないのではないかと思うようになっていた。

この姿ならかつての頼経のように離れに隔離され、学校にも行く必要がない。

そうすれば、宥経がガールフレンドたちと楽しそうに過ごしている姿を目にすることもなくなるし、跡継ぎとして子供を作らなければならないという強迫観念に駆られることもないのだ。自分で思っているよりも、このままの状態でいられる方が、今抱えている鬱々《うつうつ》としたものから解放されるような気がする。

「うちにはヒロがいるから跡継ぎは問題ないし、頼兄がいるから獣生活？　その辺のことは聞けるから大丈夫だよ」

朋成としては偽りのない本心を告げたのに、周囲に心配をかけまいと強がっている健気《けなげ》な態度に映ったらしい。

目尻に涙を滲《にじ》ませた美郷が、泣き笑いのような表情を浮かべている。悲しませたかったわけではないのに、言葉の選択が上手くできず申し訳ない気持ちでいっぱいになる。

くしゃり。

頼経の大きな手は、子供の時と変わらない優しさのまま頭を撫でてくれる。

物心ついた時から、宥経ではなくなぜ自分が次期当主なのかずっと疑問に思っていた。

自分には当主になるだけの器がないことを自覚していたからだ。

（よかった……）

周囲の不安をよそに、神の怒りを受け継いだのが宥経でないことを朋成は心の底から嬉しく思った。

自分なら元に戻ることができなくてもなんの問題もないし、そうなれば宥経が結婚して昂神家を無事継いでくれる未来が容易《たやす》く想像できたからだ。

(なんだ、思っていたより世の中は上手くいくものなんだな……)

血の繋がった弟を想って自慰を重ねる自分は、とてもまともな人間だとは思えなかった。けれど蓋《ふた》を開けてみれば自分はケダモノで、獣の姿に変わるのは至極当然のことだったのだ。


さすがに疲れただろう、とこの場はお開きになった。

離れの頼経の部屋で休ませてもらうことになり、好きなように使っていいよと言われても突然四足歩行になってしまった戸惑いは抜けず、部屋の真ん中でぺたりと寝そべることしかできなかった。

窓の向こうは闇の中で、朝まではまだだいぶ時間がある。

「びっくりしただろう」

頼経は朋成を労《いたわ》る優しい言葉とともに背を撫でてくれた。この数時間の間に自分を取り巻いた環境に対する気持ちを上手く言葉にできなくて、朋成は無言で頼経の胸元にぐりぐりと鼻先を押しつけた。

「俺が初めて獣化したのは小五の時なんだ」

甘える仕草を受け止めてくれつつ、頼経は朋成の不安を少しでも和らげてくれようと、ぽつりぽつりと自分の時のことを聞かせてくれた。

小学校五年生で精通し、その後迎えた満月の夜に身体が獣化した。

その時ようやく頼経は、自分の身体の中を流れる血が神の怒りに染められていることを知らされた。

そして共に儀式を課されていた従妹が亡くなったことで、自分の命の終わりが見えた。

「死ぬかもしれないのに、俺はほっとしたんだ。これでようやく瀬名を諦めることができる、って」

（――同じだ……）

頼経が自分とまったく同じ気持ちを抱いていたことに驚愕《きょうがく》する。

「けれど、一族の大人たちが瀬名に矛先を向けるようになったんだ」

瀬名は子供の頃から優しかった。懇願すれば自分が傷ついても頼経の伴侶になることを受け入れてくれそうな気がしたから、こんな下らない一族のごたごたに巻き込みたくなくて冷たい言葉や態度で瀬名を自分から遠ざけた。

祖母に厳しく躾《しつ》けられることも、獣化が周囲の目に触れないように離れで生活することも、満月の前後は学校へ行けないこともなんとも思うことはなかった。

瀬名と一緒に過ごすことができない、それだけが唯一辛かった。

「……それって大学に入るまで？」

瀬名の言葉を思い返しながら聞くと、頼経は小さく頷いた。

「とにかく嫌われたかった。お前には男同士の恋愛話なんて気持ち悪いかもだけど、俺はずっと瀬名のことが好きで、咽喉《のど》から手が出るくらいに欲しかったから、少しでも俺の手の届くところにいてほしくなかった。だからずっと傷つけて嫌われようとしてきたのに、瀬名はお人好しだからこんな時代錯誤な儀式を受け入れてくれたんだ」

それからも紆余曲折《うよきょくせつ》があり時間がかかってしまったが、頼経が瀬名のお陰で人としての姿を取り戻すことができたのは、朋成たちが五歳になった頃のことだという。

（辻褄《つじつま》が、合った……）

大好きだった獣のにぃにぃがいなくなってしまったことは、人間のにぃにぃが現れたことで記憶が上書きされたらしく、うやむやのまま大きくなってしまった。

こんなにもいろんなものが散らばっていたのに、これまでどうして気にならなかったのか不思議でしょうがない。

「でもさ、おれは歳の近い従姉妹どころか従兄弟もいないから、このままいくと二十歳以降は獣化が解かれなくなるってことだよね」

同世代に子供は一人もいないけれど、まさか兄弟である宥経相手に儀式をしろとは両親も言い出すことはないだろう。

これまで一族の次期当主がどうにか遂行してきた儀式は、朋成の代で打ち止めになることは必至だった。

「方法はこれから一緒に探していこう」

とても見つかりそうには思えなかったが、頼経の優しい言葉と背を撫でてくれる手のひらの温かさに身を委《ゆだ》ね、そっと目を伏せた。

神の怒りを鎮める方法がないことはショックだったけれど、同時に諦めがついた。

実の弟に欲情する自分が怖かった。

けれどそう遠くない未来に、この想いから解放されるかもしれないと思うと、ありがたいとさえ思ってしまった。

自分ではもう、この気持ちをどうすることもできなかったからだ。

明け方、無事人間の姿に戻ることができた。

特に体調不良ではなかったものの、いつまた獣の姿に変わってしまうか予測がつかないため、今日は学校を休むように幸成に告げられた。

朋成がどんなタイミングで獣化してしまうのか、頼経の時よりもイレギュラーすぎて両親としても不安要素が強いのだろう。

街中でうっかり獣化して射殺されたくはないので、幸成の意見を素直に受け入れた。

なぜ元気そうに見える朋成が学校を休むのか。

理由を教えてもらえないまま、心配そうな表情の宥経は名残惜しそうに何度も振り返りつつ登校した。

その背を見送ると、どっと疲れが両肩に伸しかかったような気がした。

たっぷり眠ったはずなのに、自室の布団の上に転がっているとそのまま眠りに誘われてしまった。もしかしたら獣化は体力をごっそり持っていくのかもしれない。

両親や頼経が様子を見に来てくれても眠りの魔法でもかけられてしまったかのように、微睡みから抜け出すことができなかった。

「トモ起きてるか？」

不意に耳に飛び込んできたのは宥経の声だった。遠慮がちに襖の向こうからかけられ、驚愕して時計を覗き込む。時刻はもう夕方だった。眠りすぎにもほどがある。

「起きた」

返事をすると、襖がそろそろと開いた。宥経がこんなにも丁寧に襖を開けたのはきっと初めてのことだろう。顔を覗かせ、朋成と視線を合わす。解りやすく安堵の息を漏らしたのは、獣の姿があるかもしれないという恐怖心と戦っていたのかもしれない。

「噛みついたりしないから大丈夫だよ？」

「そうじゃない」

昨晩から今朝《けさ》にかけてこの話題から除《の》け者にされていた宥経は、きっと朝食の席で学校が終わったらすぐに帰宅するように幸成から言い渡されていたのだろう。

昂神家に於《お》いて、父の命令は絶対だ。

帰宅して早々に朋成の身体のことを聞かされ、さぞかし驚いたに違いない。

「双子なのに、なんでお前だけなんだよ」

ＤＮＡはまるっきり同じなのだから、神の怒りが両方に出てもおかしくはない。

ただ母の胎内から取り出された順番なだけの次期当主だと思っていたけれど、現実問題としてちゃんと選別されているらしい。

「おれだけでよかったと思ってるよ」

昨晩も思ったことだったが、改めて宥経がこんな危ない立場に陥らなくて済んだことに安堵する。

「トモ！」

戒めるようでもあり、哀れむようにも聞こえる。複雑な感情の混じった声で名前を呼ばれた直後、朋成は二の腕を摑まれ、子供の頃とは比べものにならないくらいに力強く引き寄せられた。

抱きしめられると胸が高鳴り、ふわりと鼻腔《びこう》を擽る宥経の体臭はいつまでも吸い込んでいたいと思ってしまう。

（おれは本当に馬鹿だ。抱きしめられて嬉しい、なんて……）

頼経と瀬名が意に染まぬ儀式を課されてもなお、従兄弟という枠を超えて結ばれたのは、その根底にお互いへの恋愛感情があったからだ。

自分が宥経に兄弟以上の感情を抱えたところで、当然成就する道もない。

宥経に恋愛感情を抱いていることを自覚してからは、どうして自分が結婚して、子供を作らなくてはならないのかとずっと考えてきた。

けれど今回、自分たちがこの世に生を受けたことの意味を知ってしまった。

この先の未来に、自分が宥経以上に大切な存在ができるとはとても思えなかったし、女性とセックスする姿もまったく想像もつかなかった。

けれど跡継ぎとして生まれて、人間の姿を取れる以上は自分が道を踏み外して、昴神の血を絶やすわけにはいかないのだと思い知らされた。

「大丈夫だよ。だって頼兄だってちゃんと戻れたし」

「トモ……」

「ね？」

何も根拠はないのに、迷子の子供のように不安の色を瞳に浮かべている宥経をやんわりと丸め込もうとしている。

酷《ひど》い人間だ、と心の中で自嘲《じちょう》しながら、朋成は今できうる目いっぱいの笑顔を浮かべてみせた。

同時に、この想いは心のずっと深いところへ沈めて封印することを決める。

――家のためにも、そしてなによりも宥経のために。

朋成は自分を包む腕をやんわりと外すと、落ち着かせるようにぽんぽんと軽く叩いた。

Ⅲ　密約

獣化というのは一体どれほど身体に負担をかけるのか、気づけばとろとろと眠りに落ちている一日だった。

その皺寄せで本来眠るべき時間にまったく睡魔が訪れてくれる気配がなく、朋成は少し欠けてしまった月に明るく照らされている障子をぼんやりと眺め続けていた。

どのくらい時間が過ぎただろうか。

ほんの少し眠気を覚え始めた頃、障子の向こうに大きな影が過ぎった。

遠ざかったはずの影は、ほんの数秒で窓へと戻ってくる。ベランダがないというのに、羽ばたくこともせず影を作り続けているので鳥ではないことは明白だった。

人ならざるものの存在をはっきりと窓硝子《ガラス》の向こうに感じて、朋成は期待に胸を膨らませつつ障子を開いた。

そこには眩い光を纏った、あまりにも美しい獣が存在していた。

窓を開ける。宙に留《とど》まっていた獣は待ちかねていたようで、二メートルを優に超える立派な体軀をするりと室内へ滑り込ませた。

「こんばんは。ずっとお会いしたかったです」

朋成がまるで愛の告白のように熱っぽく囁くと、言葉が伝わっているように金と紫にそれぞれ輝く瞳がじっとこちらを見つめる。

風が吹いてもいないのにそよぐ被毛は、遠目では白銀だと思っていたけれど、実際は七色の光を放っていた。

目の保養としか言いようのない美しい姿にうっとりと魅入ってしまう。

そういえば、つい最近も同じような気持ちになったなと思い返していると、「お前の目は美しくないね」と、どこからともなく声が聞こえた。

「何もかも諦めた、澱《よど》んだ色をしている」

慌てて周囲を見回し、他に声の主がいないことを再確認する。どうやら目の前にいる獣が話しかけてくれているらしい。

もしかしたら、自分と同じように獣化してしまう人なのだろうか。

どう返事をするべきかと逡巡《しゅんじゅん》していると、しゅるん、とまるでリボンでも解くように一瞬で獣が人の姿へと変わった。

だ。

「あっ！」

咄嗟に驚愕する声が漏れたのは、その姿が神社の境内で出会った和装の青年だったから

（もしかして……）

全身に纏っている空気の匂い、感覚。朋成の五感に触れるそれらは足繁く通う神社の放

つ気と酷似していた。慌ててその足元に平伏する。

「虎神《とらがみ》様なのですね」

確信を持って訊ねると、青年の両目が丸くなった。

「おれ……じゃない、私は昂神朋成と申します」

「知っていますよ」

「そうですよね……！」

初めて境内で会った時、昂神家の人間であることを確認されたことを思い出す。

長い沈黙が落ちる。虎神が登場したことで朋成はがっくりと肩を落とした。

もう一度あの獣に会えたら、抱きついて被毛に顔を埋《うず》めさせてもらおうと思っていたの

に、虎神だと解ってしまうとそんな気安いことは到底できず、小さな野望が潰《つい》えてしまっ

たからだ。

猛獣に対する恐怖心が薄いのは、子供の頃に獣化していた頼経にたくさん遊んでもらったからなのかもしれない。

「お前はずいぶんこちらよりなのですね」

「こちら……？」

言葉の意味を汲《く》み取れず首を傾げると、虎神の口角が上がる。人ならざる美貌《びぼう》に微笑が増されると、どうにも度が過ぎるようで朋成は畏怖《いふ》の念を抱いてしまった。

「境内で見かけるまで、我が主《あるじ》の怒りが未だ残っているとは思ってもみませんでした」

虎神の声はとにかく耳触りがよかった。

木の葉が揺られてさらさらと擦れ合うように優しい音かと思えば、木々の狭間《はざま》を吹き抜ける風のように颯爽《さっそう》としていて、不思議な音階で丁寧に編まれているという印象を受ける。

「……あの、主祭神様はまだお怒りなのでしょうか」

「解らないのです。主がどんなお考えで怒りを継続させたのか……」

未だ残っていた、という虎神の言葉を拾えば、虎神自身は主祭神が怒りを向けるのは頼経で終わりだと認識していたということになる。

「私で終わりにしてもらうことはできないのでしょうか」

長身の虎神を見上げ、朋成は自分が頼経の時のような儀式を行えないことを告げる。

「私には歳の近い従姉妹だけでなく、従兄弟もおりません」

「――そうですね」

「儀式を行えない場合、私はいくつまで生きられるのでしょうか」

「まずは助かる道を聞くのが人間にとっての普通ではないの？」

「それはもちろんです。ですが私が死ぬことで負の連鎖が完全に断ち切られるのなら、それでいいとも思っているので……」

儀式の成就が見込めないことは、条件が一つも揃っていない朋成にとってはすでに解り切っていることだった。

けれど、心配なのは不成就の後だ。

矛先が宥経に向かうのなら、それを回避するための対策を今のうちから講じなければならない。

昔のように一瞬で消えられないうちにと、朋成は矢継ぎ早に言葉をぶつける。

「私亡き後、弟が延命できる良案がございましたら、ご教示いただきたいと思っています」

朋成の言葉に虎神が再び双眸を丸くした。

「そんなことを聞いてどうするのですか？」

「せっかく両親が繋いでくれた昂神の血を絶やしたくないのです。今はまだ私が『跡継ぎ』ですから」

真剣に答えたつもりだったのに、虎神に微笑われてしまった。

「おかしなことを言っていますか？」

「私のものになるのは、どうでしょう」

「――え？」

言葉の意味を上手く読み取ることができずに、思わず聞き返す。

「お前は変わった方向に面白いし、私も退屈していたからちょうどいいと思ってね。私の所有物になればお祝いとして、我が主にお前の願い事を叶えることを許してもらうこともできましょう」

願ってもない申し出だった。

自分の代で血の怒りを鎮めてもらうことができるのなら、それはこの上なくありがたく、喜ばしいことだ。けれどところどころの言葉が引っかかる。

「虎神様のものというのは、具体的にどういう状態なのですか？」

「私がお前を食べるのです」

それは明日の天気でも告げるかのように、さらりとした口調だった。

神様に気安く話しかけてしまった代償なのか、どうやら食べられてしまうらしい。

けれど主祭神の怒りが解けるなら、それでいい。

「……そうですか」

頭からか、腹からか。

思わず訊ねそうになったが、そんなことを聞いてもなんの意味もない。けれど朋成は大きな虹色の虎に、たい焼きのようにぱくりと食べられてしまう図を想像してしまった。

その光景はなかなかにシュールだった。

「まぁ、食べるといっても人間の言葉なら性交か……今の時代はセックスといいますね」

どこから食べられたら一番苦しくないのだろうかと、ぼんやり考えていると、思いがけない単語を向けられた、あまりにも驚愕しすぎて咽喉の奥がぎゅっと詰まり、咄嗟に声が出なくなる。

セックス。

神様の口からそんな単語を聞かされると、なんだか罰ゲームでも受けているかのような複雑な心境になる。

「誰かと肌を合わせたことは？」

ぶんぶんと首が千切れてしまいそうなほど強く、否定を示すために首を横に振る。

頼経や宥経とは違って内向的で、女性に碌に話しかけることもできない。

自分にも性欲があるのだと精通を機に自覚したけれど、跡継ぎとして子供を作らなくてはいけない日は、まだまだずっと先のことだと思っていたので、当然ガールフレンドもいない。

「それって、今すぐ……でしょうか」

神様と身体を重ねる。

そんな恐れ多いことはこれまで一度も考えたことがなく、とてもではないが今の自分がその相手を務めることができるとは思えなかった。

虎神は顎《あご》に綺麗な手を当て、何かを考えながら朋成を上から下までまじまじと眺める。

「歳はいくつですか？」

「……この春で十四歳になりました」

「そう」

朋成の細い顎を指先で摑むと、好きな角度に傾けて検分する。咽喉元や項《うなじ》。いろんな部分に値踏みするような視線を注がれた。

「昔であれば元服している年頃なのに、まだまだ幼いですね」

腕も脚も細すぎて小童《こわっぱ》のようだと揶揄《やゆ》し、微《かす》かにショックを受けている朋成の様子を眺め、虎神は鈴が転がるようにころころと楽しげに微笑った。

「まだ青くて美味《おい》しそうではないから、食べるのはもう少し熟れた頃にしよう」

まるで木になった蜜柑《みかん》や柿でも見定めるかのような言葉だった。

「そうですね、数えで十八にしましょう。新年を迎えるその時にお前の内側に私の精を注いで、所有の印をつけることにします。その時まで手垢《てあか》なぞつけられないように留意なさい」

念を押されると、未知の世界へと足を踏み入れてしまった実感が湧く。

朋成は、思わずぶるりと身震いした。

数え年で十八歳になる日というのは、春生まれの朋成が高校二年に在籍する年の元日のことだ。

これから三年の間は獣化することから免れられないけれど、逆に考えればたった三年で済むのだ。宵経にまで飛び火しないで済むのなら、虎神に自分の身体を捧げることに悔いはない。

朋成の気持ちを後押しするように、庭の木々が風にそよいだ。

「――健気なこと」

一斉に揺らされた木の葉の囀《さえず》る音は大きく、虎神の唇が紡いだ言葉を掻き消してしまう。

「何か仰《おっしゃ》いましたか？」

　聞き返すと虎神は慈愛に満ちた笑みを零す。そして朋成の腕を掴むとその胸の中に引き寄せた。森林の持つ深みのある香りに柑橘《かんきつ》系の爽やかさが混じる。このまま眠ってしまいそうに虎神の腕の中は心地よい香りだった。

「もし約束を違《たが》えた時は、骨も残さず食べてあげますよ」

　約束を守ったらセックスされて、破ったらバリバリと食べられてしまうのか。

　言葉というのはなんとややこしいのだろう。

「その時はお前が想像したように、お腹から食べるので覚悟してくださいね」

「!?」

　言葉にしていなくても、朋成の考えていることは筒抜けだったらしい。

（考えてみればそうだ……）

　神殿の前に立つ時、『お願い事』をするのではなく、『感謝の念を伝える』ことが正しい参拝方法だ。

　どちらでもそれらを口にすることはないが、言葉にしなくてもきちんと神へと伝わっている。つまりは朋成が宥経に恋慕していて、その想いを断ち切ろうとしていることもすべて筒抜けということになる。

その上で朋成の存在を面白がってくれる。

自分を偽らなくてもいい存在があるということは、想像以上に塞《ふさ》いでいた朋成の気持ちを楽にする効果を齎してくれた。

とりあえずあと三年は、不慮の事故にでも遭遇しない限り生きていけるというお墨付きをもらえたのだ。

「解りました」

頷くと虎神が微笑い、綺麗な顔を近づけてくる。

「馬鹿な子ほど可愛いというのは本当ですね」

そう独りごちた虎神に唇を塞がれた。

「これで契約成立です」

初めてのキスの相手が神様で、契約書代わりだったことが二重に可笑《おか》しかった。

けれど押し当てられた唇の感触はしっとりとして柔らかく、境内で深呼吸をしているように清々しい空気が朋成の身体の中を駆け抜けていったような気がした。

Ⅳ 蜜月

左手で弓の握りを、右手で矢を番えた弦の中仕掛の部分を指先で保持すると、弓道の基本動作である射法八節の流れの通りに弓矢を上に持ち上げるように打ち起こした。

そのまま拳が開いていくように、ゆっくりと弓を押し、弦を引いていく。引分け、形の上では完成である『会《かい》』に繋がり、そして矢を放つ。

耳のすぐ隣で羽根が風を切る音を立てる。矢は歪《ゆが》むことなく二十八メートル先にある的の中心、望んだ通りの場所に矢尻を埋めた。

弓や腕の微かな震え、的を射たことへの喜び。

さまざまな感情をゆっくり味わいながら、反転した弓を自分の側へと戻す。

「今日調子いいじゃん」

自宅の弓道場でともに朝稽古をしていた宥経が、現在すべての矢が中《あた》っている朋成の好成績を上から目線で褒めてきた。

癪《しゃく》に障る時もあるが、子供の頃から宥経の方が弓道の腕がいいので仕方がない。面白いほど感情が指先に乗るスポーツなので、好成績ということは、自分が思っているよりもメンタルが安定しているということだ。

「ありがと」

礼を伝えると弓を立てかけた。矢を回収するために的場へ向かうと、的に刺さったすべての矢を抜き取って戻る。

「サンキュー」

宥経は朋成が矢立箱に丁寧に仕舞った中から二本の矢を摑んだ。ちらりと視線を向けられる。

「なに？」

「トモはさ、もう進路決めた？」

虎神との契約の日から、四季は朋成が思うよりもずっと早く巡り、気づけば高校二年生の半ばに差しかかっていた。

「おれ？　まだだよ」

去年までは進路を曖昧《あいまい》にしていてもさほど問題視されなかったが、夏休みを過ぎた頃からさすがに見逃してもらえなくなり、朋成も折々で担任にせっつかれるようになった。今では常に進路希望を書き込む用紙とにらめっこをする羽目になっている。

「だよな？　うちの担任さ、進路、進路って超うるせぇんだよ」

流麗な所作と反比例する粗野な言葉。宥経の弓から放たれた矢は、射手《いて》の性格を写し取ったかのように、揺らぐことなくまっすぐに的の中心へと埋め込まれる。

（こういうところが憎たらしいんだよなぁ……）

朋成に次期当主として血の怒りを注ぐのであれば、昂神家の末裔《まつえい》らしく弓の才能も授けてほしかった。

「まだ二年じゃん。そんなにほいほい将来なんか決められねえしさぁ……」

「……そうだね」

「どうせトモはT大だろ？」

朋成はそれなりの成績を修めているので、このままキープできて高望みしなければ頼経や瀬名が進学したT大学にも合格することはできるだろう。

「どうかな。あ、ヒロも一緒にT大受ける？」

「あほか。俺の成績でT大なんか受かるわけがないだろ。受けるならW大かM大とかそこらへん」

ひゅん。

話しながらも美しい所作は途切れず、二本目の矢が空間を切り裂き、的へと吸い込まれた。

なんだかんだ言いながらも宥経は弓道に関しては練習熱心だったし、このまま上達を続ければ幸成や頼経とともに父が開いている道場を支えていける人材になるだろう。

「じゃあ、M大にしなよ」

「なんで？」

「ヒロは家から通ってあげてよ。そしたらお母さんも寂しくないし、M大は弓道部も結構強いよ」

そう続けた直後、宥経は引分けて発射状態だった弓の構えを解いた。そして背後の朋成へと視線を向ける。

「ヒロ『は』？　なんかすげえ気に入らない話し方なんだけど。自分は進路に関係アリマセン、みたいなさ。自分の進路はまだなのに、なんで俺のだけそんなにしっかり考えてんの？」

「——こういうのは、客観的には考えやすいからだよ」

咄嗟に誤魔化したけれど、うっかり本音が零れてしまった。

将来のために、最適な進路を選ぶ。

それはとても大事なことなのに、朋成が本腰を入れられないでいるのは、自分の未来が神への供物としてすでに決まっているからだ。

もうじき訪れる新しい年の始まりの日。

虎神との儀式のその先に何が待ち受けているのか、何ひとつ予想することができず、とても将来のことを考える余裕がなかった。

虎神と交わした契約の内容は、まだ家族の誰にも話せていない。

これまで神の怒りに染められた血は、長兄だけでなく次期当主を取り巻く人々を長年苦しめ続けてきた。

話しても話さなくても、朋成には供物になる以外の方法はない。打ち明けたことで、約束の日までを徒《いたずら》に苦しめてしまうのであれば、何も話さないまま虎神に身体を委ねてしまう方がいい。

儀式を終えれば、朋成の願いは成就する。

獣化に関しては特に取り決めてはいないので、治まるのであればありがたいと思う程度で、不測の事態に備えて手紙を残しておけばいいと思うようになった。

朋成がこの世界に存在することができなくなった時のためにも、宥経には母の傍《そば》にいてあげてほしかった。

「じゃあM大受かったら、なんかちょうだい」

突拍子もない申し出に、朋成は両目を瞬かせた。

「受験は自分のためにするものです」

あえて畏《かしこ》まった口調で戒めると、弓を摑んだままの宥経に、まるで羽交い絞めにされるように正面から抱きしめられる。

抱擁は兄弟間での一般的な行為ではない。

そんなことは解り切っているのに、嬉しいと心が感じてしまった。運動したばかりの筋肉の熱が道着越しに伝わってくることすら心地よい。

「ちょっと！　汗臭いから離れてよ」

けれどそのままでいると欲情してしまいそうになるので、さっくりと言い捨てたあとで胸板を強めに押した。

「酷い！　トモはいつも俺に冷たい」

なんとでも言ってくれ。

宥経の雄の匂いを吸い込み続けることでうっかり勃起《ぼっき》でもしてしまい、それが白日の下に晒《さら》されるくらいなら、対応の冷たさを詰《なじ》られ謗《そし》られるくらいどうってことはない。

「普通です」

いつまで経っても解かれない腕をぺちりと叩く。

（こんなところ虎神様に見られたら笑われそう……）

虎神は出逢《であ》った頃から変わらず優しいし、朋成の行動の何もかもを面白がってくれる。思春期の真っ只中《ただなか》に、自分の性癖の異常性に嫌悪感を抱き、苦悩する朋成の姿でさえもだ。

長く生きているために人間の醜さは嫌というほど見てきて、朋成が苦悩していることなんて夕飯に沢庵がついていただろうかというくらいのものでしかないらしい。

だから儀式を――虎神とセックスすることにはもうなんの抵抗もない。

心の準備はとっくにできているのに、どうしてぐずぐずと伝えることを迷っているのだろう。

（……そうか）

急に得心がいく。

儀式のことを両親に話せなかったのは、悲しませるからだけではない。

両親を経由して宥経に伝わることが、嫌だったのだ。

神様とはいえ、他の男に抱かれようとする浅ましい自分の生々しい性の部分を、宥経だけには知られたくなかった。

朝稽古を終えると宥経は母屋の一階の端にある部屋へ、そして朋成は庭の一角にある離れの部屋へと戻った。

長兄の頼経は初めて獣化した時から、満月の晩の前後は離れの部屋で生活をしていたが、獣化が固定してしまってからは三回ほど床を抜いたらしい。

それから長い年月が経過した古い母屋は、どの部屋も獣の巨体に耐えうる頑丈さを持ち合わせていなかった。

頼経は今もその部屋を使っているため空きが出なかったので、朋成も同じように離れに部屋を作ってもらうことになった。

頼経の経験が生かされたお陰で床の補強や防音、空調設備などが快適な部屋に誂《あつら》えてもらうことができたので、獣化しても今のところ特になんの問題も起きていなかった。

部屋着に手早く着替えると、休日である今日もいつもと同じ時間に家族みんなで朝食の席を囲んだ。

一日中晴天が続くようで、居間に面した中庭から太陽の明るい光が燦々《さんさん》と差し込んでくる。窓の向こうで広がる空は、青く美しかった。

散歩がてら神社へと参拝に行こうと思い立ち、自室に戻る。

扉を開け、そこに広がった光景を目にすると、その必要がなくなってしまった朋成は思わずくすりと微笑ってしまった。

部屋の真ん中には、獣の姿の虎神がまるで置物のように美しいラインで悠々と寝そべっていた。

「おはようございます。いらしてたんですね」

虎神の傍らにぺたりと座り込むと、愛犬たちがそうするように前脚を大腿《だいたい》に乗せて首を伸ばした虎神が、鼻先を朋成の項にすり寄せてくる。

朋成と契約した三年前、虎神は退屈だと言っていた。

その言葉は嘘ではなかったようで、気が向けばふらりと朋成のもとへ訪れるようになっていた。もともと部屋の中で過ごすことは苦ではなかったので、当初願った通り、虎神のふっくらとした被毛へ顔を埋めさせてもらったり、愛犬たちにそうするように丁寧にグルーミングしたりして、虎神との穏やかな時間を過ごすようになっていた。

「おや、今朝は宥経の匂いが濃く移っていますね。でもまだ味見以上のことをさせてはだめですよ」

「あ、味見なんてさせてませんよ！」

朋成が宥経のことを好きだと知っている虎神は、揶揄っては反応を見て楽しんでいる。

「虎神様は意地悪です」

窘めるようにぺろりと舐められた頬を押さえ込みながら小さく睨《にら》むと、微笑ったことで虎神の口角が上がり鋭い牙《きば》が剥《む》き出しになる。けれどこの牙が自分に害を成さないことが解っているので、少しも怖いとは思わなかった。

「朋成、今日は何か予定が入っていますか？」

「いいえ。もしかして街に出られたいのですか？」

一緒に過ごすようになって、虎神が思っていたよりもずっと好奇心旺盛《おうせい》なことを知った。朋成と一緒にテレビを視聴するようになってからは、あれが見たい、これが食べたいとリクエストされるようになり、できる範囲で一緒に街へと繰り出している。

初めて出かけた時、虎神は人間の姿を取っていたが和装だった。それもちょっとお目にかかれないほどの美青年なので、モデル事務所のスカウトマンをぞろぞろと引き連れる羽目になってしまった。

結局本来の目的は何ひとつ果たせなかったため、それ以来虎神は神通力を使ってファッション誌で見かけた服を身に着けるようになった。

ゲームセンター、ショッピング。

虎神と一緒に歩くと、すれ違った女の子のほとんどが振り返り熱い視線を向けてくる。

虎神の美しさが賞賛されればされるほど、自分のことのように鼻が高かった。

けれどやはり注目されすぎるので、周囲への見え方を少しだけ配慮してもらうことにして、今は事なきを得ている。

「この前雑誌で見たカフェですか？」

外国の作品から生まれた愛くるしいキャラクターが日本でもアニメ化されたことがきっかけでブレイクし、今でも幅広い層に愛され続けている。

そのコンセプトカフェを特集したテレビ番組に、先日ずいぶん食いついていたことを思い出す。

「それはまた今度。今日はまたフルーツのお店に行きたいのです」

リクエストされたのは、フルーツ専門店のバイキングだった。これまで何度か足を運んではいるが、鮮度はもちろんのこと、珍しい果物が多いことも気に入っているようだった。

「虎神様は本当に果物がお好きなのですね」

虎神はその名前の通り元が虎——つまり肉食獣だ。

初めて聞いた時は、フルーツは草食動物のイメージが強かったので、果物を好むことが不思議だった。

けれど言われてみると御神饌《ごしんせん》には果物も多い。てっきり形式的なものだとばかり思っていたのだが、そうではないらしい。

店に電話を入れてみる。タイミングよくキャンセルの空きがあったので、予約を入れた。

それを確認するなり虎神の獣の輪郭がどろりと溶けて、肌色が覗いたかと思うとあっという間に人の形になる。

本日の衣装は白のパンツにグレーのインナー、そしてネイビーの五分袖のジャケット。背中を流れる美しい髪も耳が出るほどまで短くなり、襟足もすっきり揃えられていて、雑誌から抜け出てきたようにお洒落《しゃれ》だった。

「これで問題ないか？」

虎神がくるりと一回転してみせた。どこにも獣の片鱗《へんりん》は残っておらず、完璧な変装だった。大きく頷くと虎神が笑顔になる。

一緒に部屋を出る。母屋の玄関の前で宥経に遭遇したが、虎神の姿は上手く隠せているようで、訝しがる様子は微塵《みじん》もない。

「ちょっと出かけてくる」

「誰と？」

「友達」

疚《やま》しさが勝り、やんわりとしたカテゴリーで伝えてしまった。友達が極端に少ないことを知られているので、宥経がなんとなく怪しんでいることは視線でひしひしと感じることができたが、そのまま押し切って門へと向かった。

いつもはのんびりと歩く道を足早に進むと、早々に息が切れた。こんな時体力不足の自分が恨めしい。

「まだ子供なのだから、朋成はもっと体力をつけたほうがいいですよ」

虎神は重力の影響を受けないのか、それとも体幹すらも完璧なのか同じ砂利道を歩いてもほとんど足音がしていない。そもそも神様に疲れた、という感覚はないのだろう。

そんなことをぼんやり考えながら、門までの道を進んでいく。時代錯誤極まりない、古めかしく重厚な門のところに辿り着くと昂神家の敷地がここで終わる。

頼経が子供の頃は門の脇にボックスがあり、門番なる屈強な大人が常駐していたらしい。今は有名な警備会社のロゴが目立つように貼《は》られ、目に見えない優秀な大きな網がすっぽりと覆い守ってくれている。

朋成は慣れた手つきで電子キーにパスワードを入力するとセキュリティのロックを解除した。

　フルーツバイキングは今回もとても美味しかった。

　ある程度お腹を満たさせるために最初に軽食が出るが、制限時間内は食べ放題になるので、毎回贅沢《ぜいたく》で幸福な時間を過ごすことができる。

　お腹いっぱいにフルーツを詰め込んで幸福な気分のまま、朋成と一緒に昴神家に帰宅した虎神は、獣化すると上機嫌で畳の上に寝転がった。この様子からすると今夜は泊まっていくのかもしれない。

　人の姿の時はいつも綺麗で隙がない。けれど獣化した今は長兄の頼経がそうだったように四本の脚を投げ出してだらんと寝そべっている。朋成はその傍らに座ると美しい虹色の被毛にラバーブラシを当てた。どこもかしこもゆるゆるで、とても神様だなんて思えない可愛さ。そのギャップに朋成の胸の奥がきゅん、と鳴く。

「ふふ」

　微笑うとグルーミングをしていた手が止まってしまう。朋成に背中を預けていた虎神は、伸びをした流れからそのまま朋成の頬を舐めた。

「何がそんなに楽しいのです」

「虎神様の咽喉がごろごろ鳴っていて、可愛くて……」

「こんな年寄りを摑まえて……」

可愛いと称されたことに呆れるように嘆息した虎神は、グルーミングが終わったと見做したようで、あっという間に人間の姿に変わっていた。

腰まである虹色の長い髪が、着物の肩からさらさらと零れていく。ほんの少しブラッシングしただけで、虎神の髪は手触りが素晴らしくなるので、毛先を指先で絡めるだけでも気持ちがいい。気を取られていると不意に頤《おとがい》を摑まれた。

「朋成」

親指の腹で下唇をなぞられて、タイミングを計られていることを察する。

（キスされる……）

予想していた通り、虎神の唇が重なった。もう何度こうしたか覚えてはいないが、頬にさらさらと零れ落ちてくる髪の感覚がまるで撫でられているように心地いい。

歯列を抉《こ》じ開けられて、舌を絡め取られることにもすっかり慣れた。上顎の内側をざらりとした舌先で舐《ねぶ》られると、そうされることで自分の身体がいかに性的に昂ぶるのか、すっかり教え込まれた。身体の奥の方から生まれた熱にじりじりと煽られていることで、勃起してしまいそうになるのを必死で抑え込む。

　どのくらいの時間が経過しただろうか。

　ようやく唇と舌を解放された頃には腰の奥がすっかり蕩けていた。その腕の中で荒くなってしまった息を必死に整えていると、のろのろと顔を上げる。虎神が驚いたように目を瞠《みは》っていた。

「……どうかされましたか？」

「──まだ青いとばかり思っていたのに……」

　虎神の手のひらが腹部に押し当てられたことを感じた。衣服越しに伝わる温かさにどこか安心感を抱いていると、なぜかジーンズのボタンが外される。

「……あの……？」

　どうしてファスナーが下ろされるのか、虎神の行動が読めないままその端整な顔を見上げる。虎神の手のひらは下着の中に滑り込み、徐に朋成の分身を掴んだ。

「虎神、さま……!?」

　絡みついた五指が朋成の分身を器用に揉みしだいていった。夢見るような心地よさに抵抗することも忘れ、与えられた快感に身体が震えていく。

　あっという間に高みに昇りつめ、朋成は初めて自分以外の手の中で吐精した。肩で息をしていると、慰撫《いぶ》するように何度も頬に唇が押し当てられる。

「儀式はまだ先なのに……」

二重の恥ずかしさで朋成はほんの少しべそをかいた。しかし虎神はそんな様子も面白いようで、子供にするように朋成を抱き上げて膝の上に乗せた。そして背後から両腕を回して抱きしめる。

「私のものを味見して、何が悪いのです？」

「……おれに味なんてついてないです」

頬を膨らませると堪え切れなかったのか虎神は声を出して微笑い、背中側から項に鼻先を埋めた。くすぐったさに首を竦《すく》める。

「お前は本当に面白い。もっと早く人間に近づいてみればよかった」

「人間のこと、そんなにお嫌いでしたか？」

「ええ。我が主に仕える前は、人間に狩られましたから」

まだ息のあるうちに毛皮を剝《は》がれたため、その痛みにのた打ち回るように絶命した。神使として主祭神に仕えるようになってからも、ずっと憎んでいたと虎神は言葉を続けた。

「だから人間の前に姿を現そうだなんて、まったく思っていなかったのだけれど、予定外のことがあってやむなくね」

「そうでしたか……」

かつては狩猟が常に行われているような時代だったから、もしかしたら仕方がないことなのかもしれない。けれど朋成がもし同じような目に遭ったら、きっと何百年経ったとしても虎神のように人間を赦《ゆる》すことなんてできないだろう。

言葉を続けられないでいると、腕を伸ばした虎神が朋成の右手を取った。そして自身へと引き寄せると、甲に鼻を寄せる。何をされているのか見当がつかずに、朋成はなすがまま腕を預けた。

「お前の右手はいつも革の臭いがする」

いくら丁寧に手入れをしても弓道の防具である韘《ゆがけ》は洗うことができない。自分では気づかないうちに臭いが染み込んでいたのかもしれない。

「すみません、臭かったですか⁉」

慌てて自分の手の甲を嗅いでみるが、やはり自分では気づけなかった。手洗いのために腰を上げると、引き止めるように腕を引かれ虎神の腕の中に包まれる。

「腕は大したことはないのに、どうしてお前もそんなに弓を好むのですか？」

言葉の抑揚、声の高低。それらのほんの少し違いで虎神は弓道のことを好ましく思っていないことが伝わってくる。

朋成には想像もできないほどの酷い仕打ちを受けたのだから、無理もない。

（どうしてって言われてもなぁ……）

自宅に弓道場があるだけでなく、一族のほとんどが弓道を嗜《たしな》んでいる。朋成たちも当然のように幼い頃から弓道に触れてきたが、そのことになんの疑問も持たずにいた。けれど初代当主の話を聞いてからは、そんな大罪を犯してもなお、なぜ弓道を続けてきたのか、その意味を考え込んでしまう。

「——も？」

ふと何気ない助詞が引っかかった。

「他に虎神様と接点のある方がいらっしゃるのですか？」

「ええ。たしか分家のあれも弓道が好きだと言っていました」

虎神の表情がいつになく柔和になり、どこか遠い昔を懐かしむように見える。

虎神が分家の人間まで把握しているとは思わなかった。好奇心から訊ねると、予想外の人物の名前を知らされる。瀬名だった。

以前虎神と一緒に街を歩いていた際に、瀬名と遭遇したことがある。その時瀬名は朋成の従兄だと名乗り、会釈をしただけで特に親しい素振りも見せなかった。

自分なら、この美貌を一度見たら絶対に忘れない。

「あれには私が平凡な顔に映るように、目眩《めくら》ましを使っているのです」

「……瀬名ちゃんと何かあったのですか？」

虎神自らが顔を隠さなければならないような？

「――いいえ、何も。瀬名のことは気に入っているのですよ。毎日私のもとを訪れてくれていますしね」

そう言葉を続けた虎神の表情が、慈愛に満ちていた。

朋成は思わずどきりとしてしまう。

（そうだ――）

頼経が人間の姿を取り戻すことができたのは瀬名のお陰で、そのお礼として今も瀬名は毎日欠かさず虎神のもとへと参拝している。

瀬名の願いを叶えたということは、虎神にとってそれだけ気に入っていた人間なのだろう。

「会ってあげたら喜ぶと思います」

毎日通い詰めるくらいだから、きっと瀬名も会いたいのではないだろうか。そう素直な考えを伝えると、虎神はほんの少し驚いたような表情を浮かべた。しかしそのままふわりと微笑う。

「もう瀬名の前に虎神として顔を出すつもりはないのです」

本当は逢いたいのに、逢えない。

そんなふうに心情を読み取ってしまえそうなほど、ひどく意味深な言葉だった。

(何それ……)

ちり。

胸の奥にまた言いようのない痛みが走る。

(虎神様は、もしかして瀬名ちゃんのこと……)

朋成が想像するよりも気に入っている——むしろ恋愛感情のように好きなのかもしれない。

宥経のこと、虎神のこと。

二人のことを考えると胸の奥がいつも痛んでばかりで、上手に呼吸することができない。

(心臓悪いのかな……)

自分の胸の痛みがあまりにも心配になり、後日美郷に頼んで検査を受けさせてもらったけれど、検査結果には何ひとつ問題は潜んではいなかった。

V　真名

年末は大掃除や正月に備えるための買出しに駆り出され、ここぞとばかりに美郷にこき使われた。集まった叔父たちとともに餅を搗《つ》き鏡餅を作ると、神前に供えてもらうための野菜や果物を日本酒とともに、瑞月穂神社へと奉納するのが年末の恒例行事の一つでもある。

冬休みに入り、慌ただしい日々を過ごしているとあっという間に虎神との契約の前日である大晦日《おおみそか》を迎えた。

両親と頼経は日付が変わるよりもずっと早い時間に親族揃っての初詣《はつもうで》に出かけ、宥経はガールフレンドと明日の朝まで過ごすらしい。もちろん両親には内緒だ。

朋成は風邪《かぜ》気味だからと嘘をつき、家に残ることを伝えた。家事を手伝ってくれる女性たちも年末年始は休暇を取るため、一人残すことを美郷が心配していたが、大丈夫と背中を押して出かけさせた。

むしろ誰もいないで欲しい。

朋成としては虎神を迎えるにあたり、儀式の最中に家人の誰かに踏み込まれることを何よりも危惧《きぐ》していたので、一人で留守番ができることで心配の大きな種が一つ減った。

部屋、日本酒、着物、禊《みそぎ》。

儀式に関することはすべて、幸成の部屋から見つけ出した書物から詳細を書き写させてもらって熟読した。

朋成に課せられた儀式は、虎神の所有物になるということの線引きであって、歴代の次期当主たちとはまるで違うものだ。正直なところこれまでの儀式と同じ環境を作る必要はないのだと思う。

けれど丁寧にもてなされて、悪い気分になることはないだろう。

そう自分に言い聞かせながら用意を進め、かつて頼経が儀式に使った部屋に布団を敷き、その傍らに日本酒を用意した。

そして母の着物用の箪笥から探し出し拝借した、以前瀬名が袖を通した着物を自室に準備すると、禊をするために浴室へと向かう。

実際の儀式のように誰かに手伝いをしてもらうわけにもいかないので、一人で黙々と身を清めていく。

両腕や脚を丁寧にスポンジで磨きながら、見下ろした自分の体軀――色白で、もやしさながらに細いことにがっかりしてしまう。

少しばかり筋肉はついているが、頼経や宥経には遠く及ばない。こんな身体を抱こうだなんて、虎神はやっぱり風変わりだと思った。

自室に戻ると、肌に残った水分を丁寧に拭き取った。下着を着けないまま長襦袢《ながじゅばん》に袖を通し、襟を合わせ胸元を整える。記憶を手繰り寄せながら必要な小物たちで掛け下を着つけていき、そして若干苦戦しながら帯を文庫で結んだ。懐剣などの小物を帯に差し込み、打ち掛けに袖を通す。仕上げの諸々が至らないが、一時間半でなんとか着ることができた。

再び儀式の部屋に戻る。

少しずつ逸《はや》る鼓動を抑え込みながら、きちんと用意できているかをメモと見比べながら再チェックしたが、何度確認しても不備はなかった。

もし自分に何かあった時のためにと、自室に虎神とのこれまでの経緯を綴《つづ》った手紙も残してある。

あとは虎神を迎えるばかりだった。

途端に手持ち無沙汰《ぶさた》になってしまい、朋成は無意識に詰めてしまっていた息を大きく吐き出した。

「なんか変な感じ……」

虎神とは、契約をした時から今日に至るまでの間、畏まることもなく自室で一緒にゴロゴロしている。

すっかりそれに慣れ切っているので、半ば恐れを抱くような気持ちと形で待ち受けるのは不思議で、これまでになく新鮮だった。

時計を見上げると、あと三十分足らずで日付が変わろうとしていた。

そろそろ待機した方がいいかもしれない。

そう思いながら、腰を上げると布団の脇に正座し直す。

しばらくすると漆黒の窓の向こうに虹色の眩い光が見えた。虎神だった。

神様の持つ神通力を前にすれば、窓や扉、施錠なども一切意味がない。

いつもの虎神なら朋成が部屋に不在の時でも勝手に入り込んでいるのに、今日は朋成が開けるのを待っているかのように窓の向こうで獣化した体躯を宙に浮かせていた。

窓を開けると、すぐさま巨体が滑り込んでくる。

畳に前脚がつくかつかないかというところで獣の輪郭がどろりと溶けた。その塊から虹色の髪がさらさらと零れ落ち、最後の一房が空で跳ねた時には、もうそこには人型の虎神が立っていた。いつもと違うのは爽やかな色味の着物ではなく、黒の無地の羽二重の羽織、長着も五ヶ所に紋が染め抜かれ、袴《はかま》は縞《しま》織りで小物は白一色――いわゆる黒五つ紋付き羽織袴、それは新郎の正礼装だった。

　虎神の美貌はもう見慣れたとばかり思っていたのに、纏う着物が変わるだけでまた違う美しさに魅了された。見蕩《みと》れていると、虎神が朋成の正面で片膝をつく。

「何を惚《ほう》けているの」

　朋成を揶揄うと、あっという間に唇を盗む。

「こんばんは！」

　慌てて畳に手をつき、夜の挨拶とともに頭を下げる。

「ぼうっとしてしまって、すみません！　あまりにも虎神様がお美しくて……！」

「なんと。嬉しいことを……」

　虎神の手があやすように耳朶に触れた。そのまま朋成の上半身を起こさせると、脇の下に腕を回して朋成を立たせる。

「……虎神様？」

　そしていろいろな角度から朋成を眺め、大きく頷く。

「帯は一人で結んだのですか？」

「はい。どこか変でしょうか」

着付けは幼い頃から叩き込まれているけれど、さすがに白無垢《しろむく》を着付けたのは今回が初めてだった。虎神は神社でたくさんの花嫁たちを目にしている。もしかしたら美しく着れていなかったのかもしれない。

「いや、上手に結べていますよ。朋成は和装がよく似合う」

思いがけず褒められて、不安に揺れていた気持ちが一気に晴れた。着付けを三兄弟に教え込んだのは美郷だ。厳しい先生だったけれど、美郷がとてつもなく鬼だったことに心から感謝した。

「お酒は召し上がられますか?」

再び畳に膝をつく。盃を両手で差し出すと、受け取った虎神はそのまま朋成の隣に胡坐《あぐら》をかいた。

ゆっくりと注いでいくと、華やかながら強い香りが漂っていく。宥経と違い、飲酒をしたことのない朋成はその匂いだけで酔ってしまいそうだった。

「大晦日なのに、お社をお留守にされて大丈夫なのですか」

年末年始は神社仏閣にはとても大きなイベントになる。瑞月穂神社もこの近辺では比較的規模が大きいので、参拝客も多いことだろう。

「どこにいても呼びかけられたら参拝者の声は届きますし、そもそも私の姿が見える者などほとんどいないのだから、境内にいなくても問題ないのです」

「そういうものですか……」

通い慣れた神社だったけれど、参拝に対する新たな側面を垣間見ることができるのは面白い。

空になった盃を差し出されるたびに、これではまるで椀子蕎麦《わんこそば》のようだと思いながら日本酒を注いでいく。

虎神にとって酒は水でしかないようで、銚子《ちょうし》一対分を飲み干してもその肌は少しも赤みを帯びなかった。盃がそっと畳の上に置かれる。

「もう、心の準備はいい？」

優しい問いかけのあとで、伸ばされた指先が朋成の頤を掬《すく》う。小さく頷くと、ほんの少し上向かされ、まるで息をするかのように自然に虎神の唇が重なった。

何度触れても柔らかい唇だ。

他の人間や神様とキスをする機会がないので比較はできないけれど、小鳥が餌《えさ》を啄《つい》ばむように小さく繰り返される優しいキスは心地がよかった。

うっとりと息を吐くと、大きな手に顎を摑まれた。顎関節を押さえられたために、自然と歯列が上下に開く。直後、その隙間からぬるりと何かが滑り込んだ。

いつまで経っても慣れないその存在は、逃げ惑う朋成の舌に根元から絡みつく。

「ふ……っ、んっ」

上手く呼吸ができずに、鼻からいやらしい音が抜けていく。

虎神の舌で口腔《こうこう》粘膜を刺激される、それはいつものキスだ。

けれど今日は虎神の口腔に残るアルコールが、朋成の舌にも吸収されていくので、いつもよりも強く痺れているような気がする。虎神の舌は朋成の口腔を検分するようにゆっくりと蠢き、上顎の裏さえも舌先で丹念に舐っていく。

舌を吸い上げられるたびに、背筋をぞくぞくと何かが駆け抜けていく。

（……きもち、いい……）

他人から与えられる快感が、徐々に身体を支配し始めていく。頭の芯《しん》がぼうっとしてきて、思考が上手くまとまらない。

するすると着物が脱がされて、あっという間に一糸纏わぬ姿にされていた。虎神自身は肌を露出させたくないのか、袴を脱ぎ落とした以外は着物にさして乱れがなかった。

組み敷かれ、大腿を跨《また》ぐようにして見下ろされる。

こんな綺麗な人の前に美しいとは言いがたい裸を一方的に晒しているというのに、不思議と羞恥心は覚えなかった。

ゆっくりと覆い被《かぶ》さってきた虎神に胸や鎖骨、脇腹とあちこちの肌を吸われ、そのたびに腰の奥が甘く痺れていく。

「気持ちいい？」

虎神は幼子を諭すような優しい口調で訊ねてくる。朋成は無言で何度も頷いた。

大きな手のひらで分身を扱かれ、完璧なラインを持つ唇で口淫されると、あまりにも気持ちよすぎることが逆に怖くなり、思わず生理的な涙が零れてしまう。

虎神は優しく微笑すると、眦《まなじり》に溜《た》まった涙に唇を寄せ啜《すす》ってくれた。

言葉にしたことは一度もないが、やはり同性とセックスすることを心のどこかで怖がっていた。そんな朋成のために、手間を惜しまずゆっくりと手順を踏んでくれていることが嬉しかった。

神様にここまで労られてしまったら、儀式という表現はとても似つかわしいものになる。真綿に包《くる》まれるように、大事にされていることをひしひしと感じた。

「もっと気持ちよくしてあげますよ」

つぷ。

硬くて細長いものが、ゆっくりと後孔へ潜り込んでくる。

これまでの蕩けるような心地よさから一変して、何かが体内を逆流していくような不快感を覚える。

「あのっ、なんでそんなところ……っ」

後孔は排泄《はいせつ》器官だ。

自分ですら触れることのない場所であり、虎神の神聖な手指を埋める場所ではない。

「雄同士はここで繋がるのですよ。朋成はここで受け入れるのは初めてだから、かなり時間をかけて柔らかくしないと、私のモノが収まらない」

比較できそうにもない、太く長く、そして天を仰ぐようにそそり立った虎神の分身だった。

虎神が徐に自身の着物の裾を割った。そこから顔を出したのは、朋成のものとはとても凶器のように思えるそれで後孔を貫かれる。

想像するだけで恐怖心が生まれ、朋成は身体をぶるりと震わせた。

「粘膜が蕩ければこの程度、自分から飲み込むようになりますよ」

発言はとても卑猥なのに、虎神は神々しいまでに美しい笑顔を向けた。

「でもっ……」

自分と同じ男性器なのに、どの角度から見ても長大でとても入るとは思えなかった。

布団の上をずるずると後退《あとずさ》っても、脚を摑まれて容易く引き戻され、後孔へと指を埋め込まれていく。

粘膜の持つ肉の襞《ひだ》を丹念に伸ばすように長い指が蠢く。奥から手前へと擦るように強くなぞられていると、腰がひとりでに跳ねた。

「やっ……！」

「そう、ここが好きなのですね」

口元を綻《ほころ》ばせた虎神にその箇所を執拗《しつよう》に攻められると、触られてもいない分身が快感に堪えきれず蜜を滴らせた。

もう何本の指を含ませられたのか。

拡《ひろ》げられた部分は虎神がそう言ったように驚くほどに柔らかく蕩けた。そして熱を帯びて、じんじんと甘く痺れを放つようになる。

挿入してほしい。

これまで当然のことながら後孔に男性器を受け入れたことはなく、実際目にしたあの分身が自分の体内に収まるなんてとても思えないのに、虎神の指で執拗に後孔を攻められているうちに、そう懇願してしまいそうに変化した自分の身体の淫《みだ》らさに愕然とした。

恥ずかしかったり、くすぐったかったり、気持ちよかったり。

朋成にさまざまな感情を与えてくれる虎神の手のひらは、優しくて少し意地悪だ。

身体のあちこちに快感を落とされたことで、宥経に群がっていた彼女たちの気持ちに同化して思い知らされる。

(――ああ、こんなふうに)

彼女たちは宥経に抱かれたのだろう。

脳裡に浮かぶのはいつか盗み見た、朋成が彼女と快感を分け合っている光景だった。

好きな人、大切な人。

言葉だけでは伝えきれない想いを形にする方法、それがセックスなのだ。

性別や兄弟の垣根を越える勇気もない自分に、素直な想いのまま宥経にぶつかっていく彼女たちを咎める権利なんてどこにもなかった――。

瞼の裏に急激に熱が集まり、泣く資格もないのに、両目からは大粒の涙が零れ落ちていく。

「そんなに泣くと目が溶けてしまうよ」

朋成の心の中なんて全部読めているくせに、知らない振りをしてくれる。

(それならば、いっそ……)

誰よりも優しい神に、無理な願いを向けてみようと心に決める。

「……虎神様」

「なんですか？」

手のひらが慰撫するように頰に触れ、親指がその先を促すように下唇の輪郭をゆっくりとなぞった。

「すべてが終わった暁には、私の身を骨ひとつ遺さず食らいつくしてくださいませんか」

打ち明けた瞬間、虎神の表情が痛ましいものを見るように歪む。

「――お前はそれでいいのですか」

虎神は低音でそう呟《つぶや》くと組み敷いている朋成から視線を外した。そしてその先をじっと見つめている。

一体誰に向けた言葉だったのか。

戻ってこない虎神の視線の先を、窮屈な体勢のまま首だけを巡らせて辿る。そこに宥経の存在を見つけて、朋成は思わず息を呑《の》んだ。

「ヒロ……どうして!!」

透明な膜があるのか、宥経は部屋の中に足を踏み入れることができないでいて、パントマイムのように宙を拳で叩き続けている。

虎神がその力で不思議な空間を作り上げたのだろう。そのためか宥経が出しているであろう大声は、数メートルも離れていない朋成のところへは届いてこなかった。

脱がされて踏みつけていた着物を慌てて手繰り寄せ、快感で上気している剝き出しの肌を覆うように巻きつける。

「あれはお前の願いを叶えないでくれと申していますよ？」

こちらの会話が筒抜けだったということを知らされると、やるせない気持ちで胸が塞がれていく。

（みっともないな……）

虎神が視線を向けるまで、ほんのひとかけらも宥経の存在に気づかなかった。

あの激昂《げっこう》ぶりからすると、ずいぶんと長い時間、虎神からの愛撫《あいぶ》を受けて悶《もだ》えている姿を晒し続けていたのだろう。

消えてなくなりたいけれど、きっと虎神は叶えてくれないだろう。それはつい先刻、朋成に見せた表情で解ってしまった。

『もし約束を違えた時は、骨も残さず食べてあげますよ』

契約した日のあの言葉は、朋成をリラックスさせるための虎神なりの優しさだったに違いない。

「ヒロ、出ていって」

どうにか搾り出せた声で懇願したのに、宥経は無情にも大きく首を横に振った。

宥経の手の中に握りしめられているのは、きっと朋成が残した手紙で、想いこそ綴ってはいないが、儀式に至るまでの経緯の詳細が記してある。

けれどそれは最悪の事態を想定した時のものであって、儀式の途中で読まれる予定にはない。

「なんで……！　お願いだから、出ていってよ!!」

宥経のためにも儀式を完遂しなければならないのだ。第三者に見られながら——しかも好きな相手の前でセックスできるほど図太い神経は持ち合わせていない。

一刻も早く宥経にこの場を去ってほしいのに、虎神は朋成が身体を隠そうと手繰り寄せた着物をあっさりと奪い遠くに放った。

「虎神さまっ……!?」

信じられない思いで先刻までひたすら優しかった虎神を見上げる。しかし一変して怒りを含んだ険しい表情を向けられると、今まで感じたことのない恐怖で背筋が震える。

「あれのことは、放っておきなさい」

上半身を起こしていた虎神が、再び朋成に覆い被さる。徐に両膝を畳み、膝裏に手のひらを差し込むと、左右に開きながら胸の方にぐっと押された。無理やり二つ折りにされたようで、体勢の苦しさに息を詰める。散々蕩けていたのに宥経の存在を知ったことで萎《い》縮《しゅく》してしまった後孔に、虎神が分身の先を押し当てた。

「あの……っ！　虎神さ……あっ！」

ぬち。

押し当てられた先端が、今度こそ内側に頭を埋めた。

宥経が見ていることにまるで動じることなく腰を進め、うねる粘膜の狭間をまるで凶器のようにいきり立った虎神の分身が強引に掻き分けていく。

「虎……神さまっ！」

せめて宥経から目隠しをしてほしくて見上げて目線で訴えても、少しも汲み取ろうとしてはくれない。それどころかこの状況に置かれたことを楽しんでいるように見える。

「見な、いで、ヒロ！　見ないで……っ!!」

懇願すると同時に、見られていることを強く自覚することになる。全身の毛穴から恥ずかしさが迸《ほとばし》り、触れられてもいないのに分身や胸の飾りがゆっくりと、そして確実に硬く痼《しこ》っていく。

喘《あえ》ぐように浅い呼吸を繰り返すと、その唇を虎神に塞がれる。朋成の後孔は先走りの蜜や虎神の唾液《だえき》で柔らかく蕩けさせられていたが、摩擦で生まれた熱と痛みで、さながら局部を焼かれているかのような錯覚に陥った。

ずぷり。

また少し先端が埋まった。

「ん――、……んっ」

舌先を絡め取られていると、そちらに気を取られることで余計な力が抜けたのか虎神の分身を一気に飲み込んでいく。

「っあん……あっ！」

その瞬間、自分でも信じられないくらいに濡れた声が唇から零れ落ちた。少しずつ埋め込まれていくたびに、粘膜が余すところなく擦り上げられていく。

唇を手で覆いたくても、両腕は目に見えない力で布団に縫い留められて身じろぐことすら許してもらえない。

繋がった部分から代わる代わる快感の波が押し寄せてきて、時折大きな波に飲み込まれるたびに、溺《おぼ》れそうになりながら喘ぐように息を継いだ。

気持ちがいい、そんな言葉では軽すぎる。

最奥を突かれるたびに朋成は背中を弓のようにしならせ、布団の上でびくびくと跳ねる。

身体中に絶えず電気が走っているような状態で、触れられてもいない朋成の分身は天を仰ぎながらひっきりなしに蜜を滴らせていた。

腹に溜まった蜜が、触れ合う皮膚で捏《こ》ねられて、ねちゃねちゃと粘性のいやらしい音を立てる。鼓膜が震えると同時に、背筋も震えた。

不意に手を取られた。導かれた先で指先が触れたのは自分の後孔の縁だった。

絶対に無理だと思っていたのに、これでもかと大きく口を拡げて虎神の猛《たけ》った分身を咥《くわ》え込んでいた。接合部から指先がスライドさせられる。どくどくと脈打つ虎神の幹。収まりきれていないその余部を指先で辿ると、五センチほどで下生えに触れた。

「あともう少し飲み込んで」

額に唇を寄せた虎神は、その余部を埋め込むために朋成へとぐっと体重をかけた。圧迫感が強まり、ますます内臓が迫《せ》り出しそうになる。それでも後孔は音を上げることなくすべて頬張った。

「くるし……」

べそをかくと、宥《なだ》めるようにあちこちに優しいキスを落とされた。

大事にされている。

そう実感すると不思議なことに苦しさが軽くなり、繋がった部分が新しい熱を生んでじんじんと痺れ始める。

「……なにか、変……」

具体的に何が変なのか、自分が感じているものがなんなのかすら解らないけれど、虎神ならきっと教えてくれる気がする。

覆い被さっている虎神の逞しい腕に縋るようにそっと手のひらを当てた。虎神は目を眇《すが》めると、ゆるゆると腰を引いていく。とてつもない排泄感を与えられた直後、一気に腰を打ちつけられた。

「あ――――っ！」

ずん、と腹に響くほど太い楔《くさび》を再び根元まで埋め込まれた。突き抜けていったあまりにも強すぎる衝撃に朋成が身体のあちこちを震わせている最中も、リズミカルに抽挿を繰り返される。

「いや……あ、ん……あっ、あん」

突かれるたび、抽かれるたびに飲み込みきれなかった唾液と濡れそぼった声が唇から零れ、自分の鼓膜を犯す。

愛液が絡み合ってぐちゅぐちゅと卑猥な水音が立つと、ますます分身が勃起した。

（おれって、本当にあさましい……）

宥経に見られていると頭では理解している。

恥ずかしい、合わせる顔がない。

そう思っているのも紛れもない事実なのに、虎神から与えられる快感に思考のすべてが支配されて溺れている。

（……消えてなくなりたい……）

主祭神の怒りの影響を受けるのは、きっと自分が最後だろう。

その点に関しては、これまで一緒に過ごしてきた虎神を信頼しているので問題はない。

けれどこの儀式を終えても決して、人間の姿に戻れる、という約束をしたわけではない。

代々続いていた儀式の必要性の有無も解らない朋成は、頼経の儀式が失敗した時のように、獣化したまま戻れなくなる可能性も捨てきれないのだ。

獣の姿しか取れなくなるのは別に構わない。

けれどその時は昂神家を出たい。

いつか自分に代わり次期当主となった宥経が妻を迎えて、子供を授かる姿をずっと目にしていかなければならないのはあまりにも辛すぎるから——。

覆い被さる虎神の背に強くしがみつく。

そしてその胸に懇願するように額を押しつけた。

「消えたい……っ」

その瞬間、虎神の抽挿する動きが止まった。

ぐっと強く抱きしめ返され、直後どろどろに蕩けた後孔に熱い飛沫《ひまつ》が打ちつけられる。

「ふ……っ……っあ――――！」

虎神と同時に高みに昇りつめ、朋成の身体は吐精した直後一気に弛緩《しかん》する。

断続的に内壁に精液を打ちつけられた。

擦りつけるような強い刺激ではないのに、びくびくと蠕動《ぜんどう》を続ける後孔は悦《よろこ》ぶように大きくうねり、残滓《ざんし》まで啜ろうと絞り上げる。

「くっ……」

その強すぎる締めつけに虎神が苦しそうに呻いた。

「食い千切るのは勘弁しておくれ」

その困った口調が、可愛らしかった。

思わず笑みを零すと身体が無意識に締めつけていた部分が緩む。虎神の分身は栓の役目も果たしていたようで、ずるりと抜け落ちると同時に溢れ出た白濁がシーツの上に滴り落ちた。蜜が零れ落ちていく感覚はまるで舌で舐め上げられているように淫靡だった。

（なんだか不思議……）

一体どれほどの人間が神様とセックスをして、あまつさえ中出しをされただろうか。

零れ落ちた精液は霊験あらたかな、とてつもない貴重品に思えてくる。

神様が人間と同じように射精するとは思ってもみなかったけれど、自分が女の子だったら神様の子供を孕《はら》めたのかもしれないと思うとなんだか少し可笑しかった。

そんなことをぼんやり想像していると、緊張感が緩んだと見做されたのか、酷使した身体を休めようとした睡魔が襲いかかってくる。

眠りたくはないのに、自分の意思に反するように身体はどんどん重くなっていく。

「——お前は本当に私を困らせるのが上手いね」

虎神が眉尻を下げながら苦笑した。

ごめんなさい。

そう謝罪しようとするよりも先に、虎神の唇が朋成の瞼の上に押し当てられる。

「おねだりを叶えてやれない代わりに、私の名を教えましょう」

虎神がそっと耳打ちする。

カラタチ。

音だけを拾いながらどんな意味なのだろうとぼんやりと考える。

「棘《とげ》があるけれど、甘い蜜柑のなる樹の名前だよ」

虎神がまだ神に仕えるずっと前の、一頭の獣として息絶えた時、傍らにあったのがカラタチ——枸橘《からたち》だった。

不憫《ふびん》に思った主祭神が神使として召し上げる際に、その樹にちなんで名付けたという。

（だから……）

虎神の周囲に時折優しい香りが漂っていることに得心がいく。爽やかで甘いそれは枸橘の花や実が持つ柑橘系の香り。

「困った時は呼ぶといい。どんなに遠くにいてもお前のもとに駆けつけるよ」

真実の名前がいかに大切なものなのかは、ただの人間でしかない朋成にも理解することができる。

ありがとうございます。

それを口にできたのか自分でも解らないまま。枸橘の樹の根元で眠る虎神の姿を脳裡に思い浮かべながら、朋成はゆっくりと意識を手離した。

Ⅵ　世界

身体中《からだじゅう》がどこまでも沈んでいきそうに重かった。反比例するように意識は水面の酸素を求める魚のように浮上していく。

瞼《まぶた》を開くと見慣れた天井が広がっていた。儀式に使った部屋ではなく、どうやら自分の部屋のようだった。

まだ夜は明けていないようで、障子の向こうから太陽の光は届いていない。

消えることは叶《かな》わず、落胆し溜息《ためいき》を吐《つ》いた。

「目ぇ覚めた？」

不機嫌さを少しも隠そうとしない尖《とが》り切った声がした。

宥経だった。

身体は鉛を含んだように重かったので、恐る恐る声がした方向に顔だけを向ける。怒っているというよりもこれまで見たことのない表情だったため、感情を読み取ることができなかった。

「具合どう？」

「……うん」

まともな返事になっていないのは承知していたが、正直なところあんな場面を見られただけに他に返す言葉が見つけられなかった。

浴衣《ゆかた》の袖から伸びた肌はべたつくところもなく、さらさらと乾いていた。身体を綺麗《きれい》にしてくれたのは宥経なのだろう。

虎神との行為をすべて見られただけでなく、精液に塗《まみ》れた身体まで清拭《せいしき》させてしまった事実はなかなか受け入れることができそうにない。

気を抜くと落ち込んで沈んでいきそうな気持ちを叱咤《しった》しつつ、とりあえず起き上がってみる。日頃の運動不足が祟《たた》り、すでにあちこちが筋肉痛を訴えていた。寝乱れていた襟元を合わせながら、周囲に視線を巡らせる。

しかし朋成の目的とするものは狭い部屋のどこにも見当たらなかった。

「……虎神様は……？」

思いきって訊《たず》ねてみると、一瞬で宥経の表情が険しいものになった。その様子を垣間《かいま》見るだけで、聞いてはいけないことだったかと、胃がきゅっと締めつけられたような心地になる。

「お前が潰《つぶ》れたあとに、さっさと帰った」

「……何か仰《おっしゃ》っていた？」

「……べつに」

「——そっか」

なんとなく目が覚めても虎神がいてくれるような気がしていただけに、伝言すら残してくれなかったことが悲しかった。

（儀式、ちゃんとこなせたのかな……）

自分だけが気持ちよくされただけのような気がしてならなかった。

虎神の望む通りにきちんと身体を預けることができたのだろうか。

聞きたいことは山のようにあるのに、ここにいてくれない。

いつものように撫《な》でてくれる大きな手のひらも、包んでくれる獣の姿もどこにもない。

それがどうしてこんなに強く胸を締めつけるのだろう。

「しんどいなら、寝ろよ」

知らず肩が落ちていることを体調不良と取られたらしい。

いつもの宥経らしからぬそっけない言葉が気にかかったけれど、自分がかつてそうだったように、兄弟の性行為を目の当たりにして動揺しないはずもない。

（……呆《あき》れても仕方ないよね）

しかも宥経が居合わせたのは、一般的な男女の営みではない。

双子の兄が男の身でありながら男性器を後孔に挿入されて喘《あえ》ぎ、自ら腰を振り、愛撫《あいぶ》を強請《ねだ》っていたところだ。

本当ならきっと声もかけたくなかっただろう。

「——どうして早く帰ってきたの……？」

予定通り彼女と初詣《はつもうで》をしていれば、不快な思いをすることはなかっただろうに。

「なんか朝からすっげえ嫌な予感がして心配になったんだよ。でもうっかり携帯忘れて出かけたから、お前にメールもできなかったし」

忘れ物を取りに行くという名目で帰宅したものの、離れにも母屋のどこにも朋成の姿はなかった。そんな状態で朋成の部屋に残されていた手紙を見ると、まるで遺書のように思えて仕方がなかったという。

その上やっと見つけた朋成は、目にしたことのない髪色の男に組み敷かれ喘がされていたのだから、ことさら驚いたことだろう。

「……なんでちゃんと話してくれなかったんだよ」

何を言葉にすればこの場を凌《しの》げるのか、回転の鈍くなった思考を必死に巡らせる。けれどどれを選べば腕組みをして自分を見下ろす弟の怒りが緩和するのか、まったく以《もっ》て見当がつかなかった。

言葉にできず俯《うつむ》くと、間に沈黙が落ちる。

「だんまり決め込むなよ。俺、結構怒ってるんだからな」

再び落ちた沈黙を、もう一度破ったのは宥経だった。

怒られて当然のことをしたのは事実だ。同じことを宥経が選択したなら、朋成も同じように怒ってみせただろう。

「……ごめん」

ようやく謝れた。

けれど宥経の望む答えではなかったようで、怒りが解ける様子は見受けられない。

「謝ってほしいんじゃない。どうして相談してくれなかったんだ、って聞いてるんだよ」

「おれの儀式は頼兄の時みたいに、伴侶《はんりょ》とかいらなかったし……」

「……そうじゃなくて！」

宥経は自分に一体何を言わせたいのかが解《わか》らない。

「だっておれには恋人もいないから、虎神様としても浮気にならないだろ？」

「儀式のことじゃない！」

両方の二の腕を摑《つか》まれて、視線を逸《そ》らせないように正面から朋成の顔を覗《のぞ》き込んでくる。

「消えたいって何？　死にたいってこと？」

「……それは……」

「死にたいくらいに辛《つら》いことがあるのなら、どうして俺に話してくれなかったんだよ！」

自分の命が両親や頼経の希望のために生まれ落ちたことを今はもう知っている。

その想いが深すぎるからこそ、次期当主になりたくないなんて口が裂けても言えなくなってしまった。

きっと心の底から死を願ったわけではない。

ただ朋成の弱い心が逃げ道を探して、甘えて、結果優しい虎神を困らせただけにすぎない。

「ほら、すぐそんな顔する。なんでもかんでも諦《あきら》めたような顔！」

「うるさい！　ヒロだけには言えないことがあるんだよ！」

勝手なことばかり言わないでほしい。

拘束する腕を解きたくて身を捩《よじ》る。悲しいかな、いつの間にか生まれてしまった筋力の差では自由になれなかった。

「そんなの俺にもあるよ。でも死んだら全部終わっちゃうだろ」

「……あるんだ」

宥経と隠し事はかけ離れたところにあるものだとばかり思っていた。誰《だれ》に対しても明るくて、朗らかで、素直で、愛されるべき存在。

宥経からは交際遍歴と深さまで逐一報告されていたから、自分に隠していることがあるなんて思ってもみなかった。

「なんだよ、その意外そうな顔」

鳩《はと》が豆鉄砲を食ったような表情を揶揄《からか》われ、ようやく宥経がいつもの笑みを零《こぼ》す。

その笑顔を向けられると、なぜか心の底からほっとした。

「じゃあ、話すよ。でも引くなよ？　小六の時、お前のペニス弄《いじ》ったことがある」

「はぁぁ!?」

予想していたよりもはるか斜めからのとんでもない暴露に、思わず目が丸くなる。

「自分が精通したのが面白かったんだよ。朋成のも同じかなーって夜中に布団を捲《めく》って下着脱がせてみたんだ。そしたらあんまりにも小さくて、手のひらで包んでも全然おっきくなんねえの。そのくせきゅって握ったら、ふるふる震えてさ。可愛《かわい》いなぁって眺めてたら腰の奥の方がざわざわしてきて射精した」

「な……！」

「俺の初めてのおかずはお前」

小学生の頃の話としては、あまりにもませていて俄《にわ》かには信じ難い話だ。けれど宥経の瞳《ひとみ》は、嘘《うそ》をついている色を帯びてはいなかった。

遠い昔のことだ。

けれどその光景をほんの少し想像するだけで頬《ほお》が赤く染まっていく。

「それからもちょこちょこ触ってたんだけど、男同士でもエッチなことができるって知ってからは、挿入《い》れたいなって思うようになってさ。それはさすがにやばいかなって自覚したから、部屋を別々にしてもらった」

「……」

一緒の部屋で生活していた頃、宥経からそんな空気を感じたことは一度もなかった。

けれど宥経が自粛してくれなかったら、眠っている間に興味本位でセックスされていたかもしれないということになる。

碌《ろく》な知識もないまま、行為に及ばれたかもしれないことは想像するだけで怖い。

（レ、レベルが違う……！）

宥経の性行為のさわりをほんの少し盗み見て、自慰をしたことが恥ずかしかった。

けれど宥経に詳《つまび》らかにされる言葉の数々は、すべて衝撃という形の弾になって朋成の胸を撃ち抜いてくる。形のない攻撃によろめき、二つに畳んだ掛け布団の中に撃沈する。

自分の片想いがいかに幼稚で、狭い世界の中での憂鬱《ゆううつ》だったのかを思い知らされた。

「思春期の過ち？　とか思って女の子ともいろいろ付き合ってみたけどさ、お前獣化するようになったらすっげえ鼻が利くようになったじゃん」

宥経の指摘の通り、獣化するようになってから朋成の嗅覚《きゅうかく》は劇的に変化した。

畳、木材、花、香水、柔軟剤、香辛料。

これまで特に気にしたこともない様々な匂《にお》いは、鼻先を掠《かす》めてもいないのに空気中を漂い強く香って朋成を苦しめた。

中でも宥経のガールフレンドがつけている人工的な甘さを放つ香水と、セックスの残り香が混じり合ったものは最悪だった。

「俺がセックスしたあとで傍《そば》に行くと不快です、って文字顔に貼《は》りつけてたよな」

時には嘔吐《おうと》感を伴うほど、その香りは朋成にとって不快なものだった。

「気づいてたんだ……」

頼経と瀬名に関しては、「解る」くらいでそれ以上の感情は生まれなかったのに、どうして宥経のセックスの痕跡《こんせき》だけはこんなにも嗅覚が過剰反応してしまうのか。

どんなに考えても答えは見つけられず、早くお風呂《ふろ》に入ってくれとお願いするしかなかった。今思い返してみると、弟に恋愛感情を抱いているという負い目が招いた強迫観念の一種なのかもしれない。

「男だし溜《た》まるし、可愛い子におっぱい押しつけられたらその気になるじゃん。でもやってすっきりしたあとで、必ずお前にばれて距離置かれるの、結構しんどかった」

宥経は神経質になっていた朋成を気遣ってくれるようになり、朋成が後退《あとずさ》る時は早々に入浴してくれるようになった。

「風呂上がりに抱きついたらさ、必ずぶわってお前からいい匂いがするんだよね。そんですっごくムラムラしてくんの。その時はなんだろう、って思ってただけなんだけど……」

スムーズに入浴してくれるのはありがたかったが、宥経は風呂から上がると上半身裸のままで匂いが消えただろうと言わんばかりに抱きついてくる変な癖があった。

正直やめてほしかった。

胸が壊れそうなほどどきどきして、それなのに嬉《うれ》しいと感じてしまうから。

「な、なに……」

疚《やま》しい想いを抱えている身としては、ついどもってしまう。

「さっきそれがなんだったのかようやく解ったよ。アイツに抱かれながら今までの比じゃないくらい垂れ流してた。あの匂い、フェロモンだったんだよ。虎神だってお前にメロメロになってた」

「……フェロモンって……」

宥経と違って地味に生きてきた自分から、そんな成分が分泌されるはずがない。

「俺に抱きしめられて欲情してたのなら、トモは俺のものじゃんって思った。神様だかなんだか知らないけど、他の男に抱かれてる姿なんか見せつけられてすげえ頭にきたし、悔しいけど綺麗なのにエロくてガン見しちゃったよ。勃起《ぼっき》した」

「……もう黙って……」

虎神が何か細工をしてしまったのではないかと訝《いぶか》しんでしまうほど、宥経の唇から零れる言葉は朋成にとって耳触りのいいものばかりだった。

そんなことあるはずがない。

なおも言葉を続けようとする、形のいい唇を手のひらで覆った。しかし手首を掴まれ、やんわりと外される。

「なんでお前のことを抱いてるのが俺じゃないんだろうって、すっげえ悔しかった。俺はお前を失いたくないから、お前に触るの、ずっと我慢してたんだぜ？」

「我慢って……」

「でもお前が俺から遠いところに行こうとするなら話は別だ。兄弟だから、なんて遠慮はもうしない。兄さんたちみたいな関係になれるようにちゃんとアプローチする」

一体何を言われているのか咄嗟《とっさ》に理解ができなかった。

自分と同じ顔が、これまで一度も見せたことのない真摯《しんし》な表情を向けてくる。

「聞いたからには覚悟決めろよ」

覚悟って何？

混乱したままでいると、宥経との距離が突然近くなった。一瞬で唇を掠めていくもの。

それは宥経に仕掛けられたキスだった。

「な、なに⁉」

「キス」

「そうじゃない！　お前彼女いるくせに……！」

「友達、だよ。『ガールフレンド』だもん」

ああ言えばこう言う。

話術に長《た》けた宥経と、こんな形で言い合いをしても勝てるはずもない。

自分が知らないだけで、友達の定義というのが変わってしまったのだろうか。

そんなふうに思わせるほど、宥経の言葉は水に浮く木の葉よりも軽かった。

「お前は友達とセックスするのかよ！」

朋成が口調を荒らげると、先刻までは不機嫌だったくせに一変して上機嫌になっている。

自分の半身のはずなのに、何を考えているのか心の裡《うち》がさっぱり読めない。

「その顔、何」

「トモの口からセックスとかって聞くと、新鮮でむらむらするなぁって思って」

「意味解んない！」

「一応、世界で一番トモが好きなんだけど」

あまりにもスケールの大きすぎる愛の告白は、冗談にしか聞こえなくなっていく。

いつになく真剣な眼差《まなざ》しを向けられると、誰かに擽《くすぐ》られているように身体のあちこちがこそばゆい。

思わず吹き出してしまう。

そんな朋成の表情を、宥経は満足そうに眺めている。

「死にたくなくなっただろ？　今度はそっちの話聞かせろよ」

意識して出すのだろうか。

これまで耳にしたことのないぐっと低い声音が朋成の鼓膜を震わせた。

その音に胸を高鳴らせていると、長い腕がするりと伸びてくる。そしてあっという間に視界が九十度上向いた。

瞬《まばた》きするように自然な所作で、宥経に組み敷かれていた。その手際のよさに驚愕《きょうがく》し、丸くなってしまった双眸《そうぼう》を瞬かせる。

照明を背にした宥経の表情は読み取りづらい。けれどこんなふうに組み敷かれると、嬉しいと思ってしまう自分がいた。

「……そんな約束してない」

苦し紛れに言い逃れすると、宥経は朋成の内側にある何もかもをすべて見透かしたような表情を浮かべている。

「逃げねえの？」

「この状況でどうすれば逃げられるの？」

両手首を枕元《まくらもと》に縫い留められて、浴衣の袂《たもと》が大きく広がっている。まるで蝶《ちょう》の標本のような状態から活路は見出せない。

――もしかしたら、見出したくないのかもしれない。

「とりあえず今は、そういうことにしておいてあげるよ」

ゆっくりと降りてきた唇が、もう一度朋成の唇に重なった。虎神とはまた違う、しっとりとして柔らかい感触にうっとりとした心地で思わず瞼を閉じてしまう。

触れるだけのキスだと思っていたのに、何度も角度を変えて押し当てられているうちに舌先で歯列を割られた。一瞬でぬるりとしたものが口腔《こうこう》に侵入し、深いキスへと攻撃のパターンを変えてくる。

「ん……ふ……っ」

上顎《うわあご》の裏を尖らせた舌先でなぞられると、背中にぞくぞくと快感が駆け抜けた。背中に感じていた布団の感触が解らなくなり、このまま落ちていきそうになる。

そんな錯覚に恐怖を感じて、縋《すが》るように宥経のシャツを摑んだ。

想いに応《こた》えたと思われたのか、宥経の舌がより自由に口腔を跳ね回る。

舌を絡ませることに夢中でずっと息を詰めていた。やっとのことで鼻から息をした瞬間、覚えのある爽《さわ》やかな香りが駆け抜けていった。

（あ……ミント……）

二人分の唾液《だえき》と混じり合うこの味は、朋成も使っている歯磨き粉の味だ。

虎神とのキスはいつも神社の境内や森林を思わせるように、爽やかですっきりとした風が吹き抜けていくような感覚が、余韻として残るだけだった。

舌を絡め合う深いキスでもなんの味もしなかったのに、宥経とのキスは強いミントが舌ににじんとした痺《しび》れを残す。

人ならざるものと交わった、明確な違い。

(おれ、人間なんだな……)

生きる世界が違う。

虎神以外と深いキスを交わしたことで、それを痛感させられた。

宥経に好きだと言ってもらえたことは嬉しかった。

けれど楽しげにキスを繰り返す宥経の腕の中から解放されたすぐあとで、朋成は自分の身体が違和感を纏《まと》っていることに気づく。

たった今自分を抱きしめていたのは宥経なのに、身体のあちこちに痺れを伴うように深く残るのは、虎神の腕の感触だった。

Ⅶ　冀求《ききゅう》

いつものように瑞月穂神社へ赴くと、長い階段を上がり、手水舎《てみずや》で手と口を清めた。主《しゅ》祭神《さいしん》の祀《まつ》られている本殿へと向けてまっすぐに舗装された石畳を進み、御神体を守るように対になって置かれている狛犬《こまいぬ》の間を抜けると拝殿で手順の通りに丁寧に参拝した。

その後は境内を順路に従いながら進んでいくと、ようやく一番の目的である虎神の末社へと辿《たど》り着く。

樹の上や、ベンチ。普段からいろんな場所で寛《くつろ》ぐ虎神だが、今日は社の扉へと続く短い階段の端に座っていた。

「おはようございます」

ようやく虎神に逢《あ》うことができた。

湧《わ》き上がる嬉しさを必死に押し留《とど》め、周囲に誰もいないことを確認してから声をかける。

「おはよう」

虎神に感謝の気持ちを伝えたい。

そう思っていたのに、儀式のあとから虎神の訪問がぱったりと途絶えてしまった。

それならばと神社に赴いても、いつもなら容易に見つけ出すことができるのに、なぜかその姿を境内のどこにも見つけることができず、こうして面と向かって逢うのは実に一ヶ月振りのことだった。

もしかしたら嫌われてしまったのではと不安を抱えていたが、虎神の声のトーンや態度はこれまでのように気さくなものだった。

「お元気でしたか？」

問いかけると、虎神は微笑した。

「隣に座ってもいいですか」

空いているスペースを指差す。返事の代わりなのか虎神は階段の表面を軽く払った。柑《かん》橘《きつ》系の香りに鼻腔《びこう》を擽られながら、朋成はいつものように虎神の隣にぴったりと身を寄せた。触れた部分から伝わってくる虎神の体温が、まるで日向《ひなた》ぼっこをしている時のように暖かくて、思わず頬が緩む。

「虎神様のお陰で獣化しなくなりました。本当にありがとうございました」

先の満月の日、儀式の甲斐《かい》があったようで、朋成は人間の姿のままで一日を過ごすことができた。頼経の時のように継続的に儀式を繰り返していないことが気がかりだったが、相手が神だからか、一度きりで効果は絶大だったようだ。

翌日を無事迎えてから両親に虎神と交わした契約と、そのための儀式を終えたことを事後報告した。

相手が神様とはいえ、男の自分が女性のように抱かれたことを両親に報告することは、自慰の瞬間に母親に踏み込まれることを想像するよりも恥ずかしいものだった。

けれどそう感じていたのは朋成だけで、静かに耳を傾けてくれていた幸成の瞳に蔑《さげす》むような色は一切滲《にじ》んでおらず、どうしてこんなに長い間一人で抱え込んでいたのかと、逆にこっぴどく叱《しか》られる羽目になった。

「両親がこちらにご挨拶《あいさつ》に伺ったかと思うのですが……」

朋成の報告を受けてから両親は慌ただしく大量の幣帛《みてぐら》を用意していた。その品数の多さは年末の時の何倍にもなっていて、宥経と二人でとても驚いたものだ。

「──ああ、来ていたようだね」

どうやら無事に昂神家からの感謝の気持ちは伝わったらしい。

「それならば、よかったです」

虎神の肩に頬を預けながら、ようやく出逢えたことに安堵《あんど》の息を漏らす。

（もふもふしたいな……）

獣化した虎神の背に鼻先を埋《うず》めた感触を思い返していると、不意に上半身のバランスが崩れた。どうやら虎神が座る位置をずらしたようで、預けていた体重が重かっただろうかと反省しつつ、朋成も座り直す。

「あの、今夜とかお忙しいでしょうか。久しぶりに虎神様とゆっくりお話ししたいんです」

意を決してお願いをしてみる。

「――そうだね。考えておくよ」

けれど虎神は柔らかく微笑《ほほえ》むばかりで、以前のように即答してはくれなかった。

儀式を終えても、以前のように一緒に過ごせると思っていたのに、自分と虎神とで築き上げてきたはずの関係が、ひどく薄っぺらいものへと変化したような気がしてならなかった。

もしかして自分は虎神にとって、あまり美味《おい》しくない身体だったのだろうか。

じっと見上げていると、やんわりと視線を外された。それも今まではなかったことで、これまで虎神から注がれる視線が恥ずかしくて目を逸らしていたのは朋成の方だった。

こんなにも長い時間、虎神の横顔を見続けたのは初めてだった。

（もしかして距離を置かれているのかな……）

未練がましく視線を送り続けるが、結局虎神は朋成へと顔を向けることなく、するりと姿を消してしまった。

（もうおれに興味はありませんか……？）

そう心の裡で問いかけるだけで、心臓がきゅっと引き絞られたかのように強い痛みを感じた。

ドアが二回ノックされた。朋成は布団を敷いていた手を止めると、急いでドアに飛びついて開錠した。しかしそこに待ち人の姿はなく、勢いよく開いたドアに驚いた表情を浮かべているのは宥経だった。

「どうしたの？」

時計の針は深夜を指していて、いつもの宥経なら訪れる時間ではない。問いかけながら布団へと戻ると、シーツを広げた。

「遊びに行くからお前もいろ、って言われたんだよ」

「――誰に」

「虎神」

皺《しわ》を伸ばしていた指先が止まる。

「虎神様、ヒロのとこにいらっしゃったの？」

「うん、夕方。部屋間違ってますよ、って言ったんだけど、ちゃんと俺のこと見分けてた」

「……そう」

どうして宥経にそんなことを伝えたのだろう。

頭の中で疑問符が浮かんでは消えていく。

双子というものを面白がっていたし、虎神自身はとにかく楽しいことが好きだから、宥経の存在にも興味が出てきたのかもしれない。

コンコン。

まるで宥経の到着を待っていたかのように窓硝子《ガラス》が二回ノックされた。カーテンを捲ると暗闇《くらやみ》の中で美しい虹色の被毛を持つ獣が宙に浮かんでいた。朋成が鍵《かぎ》に指先をかけるよりも早く、窓を通り抜け畳の上に四本の脚で綺麗に着地する。

「虎神様」

その背に朋成の指先が届きそうになった瞬間、獣の輪郭がどろりと溶けた。虹色の被毛の間から肌色――というよりも人間が持ちえないほど白く滑らかな肌を持つ腕が覗く。

虎神は一瞬でいつもの和装の青年の姿へと転じた。

そして布団の上にぺたりと座り込んでいる朋成の傍らに膝《ひざ》をつくと、首筋に鼻先を埋める。

「えっ、なんですか⁉」

朋成は驚いて短い声を上げた。匂いを確認するその仕草に性的なニュアンスは皆無なのに、急に顔を近づけられると心臓が早鐘を打つ。

しかし、朋成の顔を覗き込んだ虎神の表情は曇っていた。

「……どうしてまだ宥経に食べてもらわないのですか？」

「――え？」

指摘された通り、宥経とは何ひとつ進展していない。

まさか匂いを嗅《か》がれただけでそれを当てられてしまうとは思わず、朋成は驚いて両目を瞠《みは》った。どうしてこんなことを言い出すのだろうかと、向けられた言葉の意味を推し量っていると、宥経が軽い口調で会話に入ってくる。

「俺はいつでも準備ＯＫなんですけどね」

「ちょ、ヒロ！」

羞恥心《しゅうちしん》だけではない何かに急《せ》かされるように、宥経の言葉を遮る。しかし虎神たちは朋成を置き去りに、テンポよく会話を進めている。

「きっとお前とも合わないですよ」

「いいえ。ぴったりだと思いますよ、なんせ一卵性双生児ですから」

一体なんの話をしているのだろうか。

内容を少しも汲《く》み取れない会話が繰り広げられる場面に居合わせることは、とてつもなく居心地が悪かった。

楽しげな姿を見ているだけで、胃の辺りに重いものが溜まっていく。無意識で手のひらを押し当てると朋成は俯いた。手持ち無沙汰《ぶさた》になり、じっと畳縁の模様を見つめ続ける。

「じゃあ、そこで見ていてください」

そう宥経が言い放った直後、視界に宥経の腕が飛び込んできた。思わず身を引くと、合わせの部分が摑まれ、寝巻き代わりの浴衣が剝《む》かれる。一瞬で上半身を露《あら》わにされ、朋成は布団の上に転がされていた。

「な、なに!?」

突然の出来事に状況が飲み込めないでいると、欲情した雄の瞳をした宥経に組み敷かれる。胸元に顔を寄せられた。皮膚に埋まっていた柔らかな乳首を宥経の肉厚な唇で挟まれ、舌で転がされる。

「……っ、ヒロ!!」

虎神からの視線を感じる。

自分の置かれている状況を認識した瞬間、どっ、どっ、どっ、と胸膜を突き破りそうなほどに鼓動が強くなった。

「ヒロ、やだよ……！」

覆い被《かぶ》さっている上半身は、いくら押してもびくともせず、大腿《だいたい》を跨《また》がれただけで朋成の下肢の動きは制限されてしまう。

「虎神様がいらっしゃるのに……!!」

「いなきゃいいの？」

「そういうことじゃなくて……！」

こんな状況も、状態も嫌だった。

一卵性双生児だったのに、いつの間にか体格差ができて、容易《たやす》く押さえ込まれてしまう弱い自分に猛烈に腹が立つ。

瞼の裏に熱を感じた瞬間、ぽろぽろと涙が零れていた。

不意に視界に影が過《よ》ぎる。それは朋成の横から身を乗り出し、宥経の肩を掴むことで身体の向きを変えさせた。そしてその影は、強引に宥経の唇を奪う。

舌を絡める、深いキス。

セックスの序章になりそうな深いそれを、宥経に仕掛けているのは朋成だった。

自分の目がおかしくなってしまったのかと、瞬きを繰り返していると、もう一人の朋成は虎神が変化した姿なのだと気づく。

「この姿のまま、三人でしてみるのも面白そうではないですか？」

キスだけで宥経を蕩《とろ》けさせた虎神の突拍子もない発言に、朋成は噎《む》せて咳《せ》き込んだ。宥経の脚の間から救出されると、畳の上に下ろされ、胸元の合わせを直される。

「まずは私が先に宥経を可愛がることにしましょう」

虎神が自身の着物の胸をはだけさせた。宥経の肩に両手を乗せ、ずいっと鼻先を近づける。首筋に齧《かじ》りつくと、ゆっくりと宥経の脚を跨いだ。

「朋成の姿を借りているから、嬉しいでしょう？」

着物の裾《すそ》が割れると、滑らかな大腿が顔を覗かせた。優雅な所作のせいか自分のものよりも艶《なま》めかしく見える。

「どうですか？　どこもかしこもちゃんと朋成でしょう？」

宥経は虎神から撒《ま》き散らされる色香にごくりと唾《つば》を飲み下す。

二人の朋成とのセックス。

虎神のとんでもない提案に、妄想だけでなく下肢も膨らんだようで宥経の気持ちが大きく揺れている。その膨らみをジーンズの上から撫で摩《さす》った虎神は、妖艶《ようえん》に唇の端を舐《な》めた。

「手と口、どちらでしてほしい？」

「虎神様！」

やめてほしい一心で虎神に縋った。ちらりとこちらに向けた表情の口角が上がっている。これは揶揄《やゆ》の延長だ。

それなのに宥経はすっかり腰を蕩けさせられ、魂を抜かれている。

虎神は手際よく取り出した宥経の分身を手のひらで数回扱《しご》くと、ゆっくりと唇を寄せていく。

「虎神様!!　やめてください!!」

実際の自分が一度もしたことのない口淫をする姿を客観的に見るだけではなく、それを行おうとしているのが虎神だと思うと、言いようのない不快さが込み上げてくる。

その声でようやく悪戯《いたずら》をやめてくれる気になったのか、虎神は宥経から身体を離した。

複雑な感情が綯《な》い交ぜになった微笑を浮かべている。

「虎神様……？」

　呼びかける声に応えることもなく、虎神は風にそよぐカーテンのようにひらりと身体を翻すと、二階の窓から庭へと飛び下りた。

　当然着地の音はするはずもなく、虎神の姿は一瞬で闇に紛れる。

　放り出され、惚《ほう》けている宥経の頰をぺちりと軽く叩《たた》く。我に返った宥経は興奮した口調で朋成の両手を握った。

「すっげえクラクラした……！　トモ、エロすぎ……！」

「ばか！　あれ虎神様だし！」

「でも見た目、まんまお前だったじゃん。内股《うちまた》超すべすべしてた！」

　浴衣の裾からするりと指先が滑り込む。大腿の内側。皮膚の薄いところを撫でられると、腰の奥の方が快感を誘い出すようにざわめき始める。

「ちょ……ヒロ……！」

　あっという間に下着の内側に宥経の手のひらが滑り込んだ。

「あっ……！」

　分身を握り込まれると肩が揺れる。リズミカルな手指の動き。輪にした指先で幹を扱かれ、先端の蜜口《みつくち》を親指の先でぐりぐりと円を描かれると、まるでお漏らしをしているかのように先走りの蜜が溢《あふ》れ出ていく。

「や……あ……ん、んっ」

いつか妄想した時と同じようなシチュエーションで、出せよ、と熱い息を耳朶《じだ》に吹き込まれるともう耐えきれなかった。肩口にしがみついたまま、宥経の手の中に吐精してしまう。

断続的に蜜が滴る。その衝撃に小さく震えると、長い息を吐いた。深呼吸して呼吸を鎮めると、宥経に手を誘導される。

「ね、俺のも触って」

おねだりの直後、朋成の手のひらに触れたのは、すでに硬く痼《しこ》っている宥経の分身だった。充血し、どくどくと脈を打つ。自分のものとはまるで違う存在感。もう片方の手も取られ、朋成は宥経の分身を両手で包む形になった。それはずっしりと重かった。

一卵性の双子なのに、体格差だけでなく性器の大きさにまで差があるのは、自分がこれまで男性ホルモンを上手に使えてこなかったからだろうか。

「ど、どうすればいいの……？」

手の中の脈動と鼓動がシンクロするような気がする。頭の奥の方が痺れて、この先自分がどんな行動をとればいいのかがまったく解らなくなってしまった。

「自分のする時みたいにしてよ」

重ねられた宥経の手に導かれるように、朋成はゆっくりと手を前後させた。自慰の時はむやみやたらに擦《こす》るだけで、これといった技術も持ち合わせてはいない。ちらりと見上げた宥経もさして快感を覚えている様子もなかった。

気持ちよくさせてもらったのだから、同じように快感を返さなければならない。

焦れば焦るほど頭の中が真っ白になってしまう。

（……そういえば虎神様は……）

自分が虎神にしてもらった手順を思い返しながら、宥経の分身に両手指を使って丁寧に愛撫を落とした。

朋成が頑張れば頑張るほど、宥経の分身は立派に育っていく。自分にも誰かを気持ちよくさせることができるのが嬉しかった。

宥経の手のひらが後頭部にかかり、髪の毛を弄《まさぐ》る。時には強く引く。快感を示してくれているようで嬉しい。

「――俺、ほんとにトモを抱きたいんだ」

儀式を迎えるまでは、宥経が願うならどんなことでも叶えてやりたいと思っていた。血を分けた兄弟だけれど、美郷がいつも繰り返す、『生きていてくれるだけでいい』という言葉に甘えたいと。

けれど、今は躊躇《ちゅうちょ》してしまう自分がいる。

「……くっ」

宥経の熱い息が耳朶を擽り、脈打つ分身が朋成の手の中にどろりと蜜を吐き出す。確かな存在感なのに、それに対する感情が虎神に対するものとはまるで違っていた。

まるで自慰の時に自分のものを受け止めたような、そんな感覚にしか陥らない。

(なんで……?)

虎神との時は、初めてというのもあって何もかもに心臓が潰れてしまいそうにどきどきしたし、触れてくれたすべての箇所が燃えるように熱くなった。

精液もそうだ。

虎神に中出しされた時に一番に感じたものは、子供ができるかも、と思ったことだ。男の身体なので当たり前のことだけれど、身籠《みごも》れるはずもない。それなのに自分でも無意識のうちに、『虎神との子供』ができることを想像していた――。

(――おれ……もしかして……)

儀式を終えてから今日まで、虎神に対して自分では説明のできない不安定な気持ちがいつも胸の奥でころころと転がっていた。

その種のようなものは、いつの間にか芽吹き、根を張ってすくすくと育っていた。育っていたものの正体。

それを自覚した瞬間、愕然《がくぜん》とする。

「トモ……？」

静かになってしまった朋成を心配するように、宥経の声が揺れる。

（いつから……？）

宥経のことをずっと恋愛感情で好きだと思っていたのに、いつから自分は虎神のことを好きになっていたのだろう。

どこが境目なのか、いくら考えてもわからない。

けれど一つだけ言えることは、自分でも気づかないうちに自然と虎神のことを一番好きになってしまったということだ。

だから虎神が宥経に触れた時、もやもやとしたものが胸を占めた。虎神に触れられている宥経に対して自分は嫉妬《しっと》していたのだ――。

「ごめん、ヒロ」

「……なんのごめん？」

「ヒロと触りっこしてはっきりした。おれ、虎神様のことが好きだ……」

「――初めてセックスしたから勘違いしてるだけじゃなくて？」

宥経の言葉には一理ある。

虎神とはセックスだけでなく、初めてのことをたくさんした。

一緒に映画を見たり、デートをしたり、街中でこっそりキスをしたり、何もしないで部屋で一日中ゴロゴロしたり。

そんな何気ない日常を重ねてきたからこそ、儀式とはいえセックスを自然と受け入れることができたし、誰よりも一緒にいたいと思うようになった。

だから儀式のあとの素っ気ない態度に、あんなにも胸が痛んだのだ。

「神様が人間なんか本気で相手にしてくれるわけない」

「……そんなの解ってるよ」

神様にとって、人間というのはあまりにもちっぽけな存在だ。

虎神が綴《つづ》る日々の中で、人間の一生など瞬きするほど短いものでしかないだろう。

けれど、ほんのわずかな時間だからこそ一緒に過ごしたいと強く思った。

「本気じゃなくてもいい。傍にいさせてくれるならば、それでいい……」

泣くつもりはなかったのに、自覚した瞬間、想いが胸から溢れるように両目からぽろぽろと涙が零れ落ちていく。

「面と向かって言われると、アイツに腹が立つな」

宥経はそう悔しそうに呟《つぶや》くと、朋成を引き寄せた。その腕の中に包まれると安堵の息が漏れる。

（やっぱり……）

半身の腕の中は誰よりも落ち着く場所だけれど、骨がバラバラになってもいいから、もっと強く包んで離さないでほしいと希《こいねが》うことはない。

「俺を振ったこと、そのうち絶対後悔すんだからな」

ごつん、と額を合わされて優しい言葉をかけられるとますます涙が溢れてしまう。

「おれ、ほんと、ばかでごめん……」

ずっと好きだったのに、ようやく好きになってもらえたのに、心変わりをしてしまった自分が信じられなかった。

けれど、自覚できたことでずっと靄《もや》のかかっていた心が、かつてないほどすっきりとしたのも事実だった。

Ⅷ　喪神

宥経に悪戯を仕掛けたあの夜以来、神社以外で虎神と逢うことはなくなった。

本格的に距離を置かれたのだと鈍い朋成でも推測することは容易かったが、傍にいられればいいと願ったのだから、それだけでも喜ぶべきことなのかもしれない。

（また、だ……）

末社の傍にあるベンチに腰かけている虎神を見つけた。けれど駆け寄れず足が止まってしまうのは、あまりにも楽しそうに談笑しているからだ。

朋成が虎神を見つける時は、高確率で瀬名も一緒だった。もう逢わないなどと言っていたくせに、今日も一緒に朝の静寂な時間を共有している。

（そんなに好きなら、ちゃんと自分の顔で会えばいいのに）

瀬名の瞳にはどんなふうに虎神の顔が映っているのだろう。

瀬名にしか見せたことのない顔。

そのフレーズを胸の内側で反芻《はんすう》するだけで、得体のしれない何かが胃の奥の方で暴れて、その場に蹲《うずくま》ってしまいたくなるほどに気持ちが悪くなる。

瀬名が楽しそうに微笑《わら》うほど、宥経のガールフレンドと対峙《たいじ》していた頃のような醜い気持ちが胸の内側から膨れ上がってくる。

（おれ、瀬名ちゃんにも嫉妬してるんだ……）

芽生えてしまった嫉妬心をどうすることもできず、大好きな瀬名の姿を見るのが辛かった。

不意に虎神が視線をこちらに向けた。

目が合ってしまえば素通りすることも難しく、朋成はぺこりと頭を下げる。

「おはようございます」

とりあえず挨拶を交わすと、瀬名が腰を上げた。

そして虎神へ何かを告げると、いつにもまして穏やかだった虎神の表情が、気のせいかはにかんでいるようにも見える。

（そんな表情見たことない……）

一体瀬名は何を告げたのだろう。

日課を終え、境内をあとにする瀬名の背をじりじりした思いで見送ると、朋成は虎神に向き直った。

もしかしたら。

ずっと想像していたことをぶつけてみる。

「もしかして、瀬名ちゃんを伴侶にしようと思われていた頃があったのですか」

瀬名は頼経の伴侶だと聞かされていた。けれど、虎神の瀬名に対する態度はずっと特別なものにしか見えない。

自分は虎神のもの――所有物となり、身体を繋《つな》げることを前提に主祭神に許可を貰《もら》い、願いを叶えてもらった。

けれど虎神の瀬名への接し方を見ていたら、もしかしたら瀬名にも同じような経緯があったのかもしれないと推測するようになった。

虎神は優しいから、朋成にそうするように身体を重ねた瀬名を愛《いと》おしんでいるのだろう、と。

「ありませんよ。あれは頼経のものだからね」

「それでは、瀬名ちゃんの願いを叶えてくださったのはどなたなのですか？」

朋成の質問の意味を汲み取れないようで、虎神が小さく首を傾《かし》げた。

「私ですよ。あの頃の主《あるじ》は昴神の血筋がとにかく嫌いだったから難しかったけれど、ちょうど私の社が新しくなったから祝いの一つとして瀬名の願いを叶えることを許していただいたのです。まぁ、主もそれなりに瀬名をお気に召していたんでしょうね」

それは虎神の社を建て直してしばらくした頃、頼経が人間に戻ることができたという、幸成から聞いた話と合致する。

「それで瀬名ちゃんとその、おれみたいな儀式をしたんですね……」

虎神が瀬名にも触れたのだと思うと一気に気持ちが落ちた。遠い過去の顔も知らない人ならば仕方がないことなのだと割り切りやすいのに、身近にいてその人となりを把握している人となるとまた話は別になるらしい。

「瀬名のことは食べてはいませんよ」

「……え？」

それはつまり瀬名の願いは対価なしで叶えているということになる。

（想いの次元が違う……）

無償の愛。

そんなものを見せつけられたら、朋成にはもう何も言えなくなってしまった。

「具合でも悪いのですか？」

俯き言葉を失くした朋成に駆け寄ってくれた虎神が肩を抱いてくれた。けれどいつもそうしてくれていたような、頬への優しいキスはない。

「あの……もうおれとの儀式は必要ないんでしょうか」

震える声帯を叱咤すると、勇気を出して訊ねてみる。

けれど虎神はどこか困惑した表情を浮かべた。

「あるかなしで言えば必要ないですね。それにお前はすぐ潰れるから楽しめない。お互いが楽しめないことは、するだけ無駄でしょう?」

そして続いた言葉に、朋成は頭を鈍器で殴打されたかのような衝撃を受けた。

「どうも相性が悪いらしい。そもそもアレは、そこまで無理してすることでもないですしね」

酷《ひど》い言葉だと思った。

儀式という名のセックスは恥ずかしかったけれど嬉しかったし、気持ちがよかった。虎神との距離も近くなったと思っていたのは朋成だけで、虎神には何も与えることができていなかったことを詳らかにされて、ショックを隠しきれなかった。

だから、儀式のあとは早々に帰ってしまったのだ。

最中に意識を失ってしまうような、安いおもちゃは要《い》らないということらしい。

けれどそんな言葉を向けられても事実なのだから仕方がない。もっと性的に大人であったなら虎神に楽しんでもらえたのだろうか。

――けれどそれならば、当初の虎神との契約は成立しなかった。

（そっか、おれとのセックスは楽しくなかったんだ……）

心臓を誰かが今にも握り潰そうとしているように苦しくて堪《たま》らなかった。

あんなに嬉しいと思っていた虎神の腕の中にいることも、まるで針のついた筵《むしろ》でくるりと包まれているように痛くて辛い。

「やっぱり今日は何か変ですよ」

まるで子供をあやすように背中を軽く撫でられた。けれど痛みは引いていかない。

「――そういえば私がお膳《ぜん》立《だ》てしたあと、どうして宥経に抱かれなかったのです？」

傷だらけの心臓が、また新しい血の涙を流した。

朋成のことは瀬名のように特別ではなく、独占する気持ちもないから、他の人とセックスしても痛くも痒《かゆ》くもない。

虎神にとってセックスというのは本当に意味のないものなのだろう。

「おれは虎神様のものなのに、ヒロとしても気にならないのですか」

「……まぁ、もともと朋成は宥経に恋慕していたわけだから、成就はさせてやりたいと思っていましたし……」

虎神への想いを自覚した今は、宥経と抱き合う日は絶対にこないと思っている。

「ヒロとはしません」

「なぜ？　自慰をしながら泣くほど好きだったではないですか」

「……！」

これまでは言葉にしなくても、人に言えない恥ずかしいことですら朋成の気持ちを読み取ってくれたのに、なぜか虎神は今日に限って心を読んでくれない。

「なぜ？　虎神様のお力があれば、おれの心なんてお見通しではないのですか？」

しかし虎神は緩く首を振る。

「神である私と近づきすぎた人間の心は読み取りづらくなる。ましてや身体を繋げたお前の心は、今の私には一番遠いのです」

一番近くにいたいなら、身体を重ねては駄目なのか。

神様のルールとやらは、まるでハリネズミのジレンマのようだ。

温め合いたいのにお互いの針が邪魔をする。

虎神のことが好きなのに、宥経を好きなのだと思われたままではいたくない。

せめて想いだけはきちんと伝えておきたいと思うのはいけないことだろうか。

「あの……」

美しい瞳をじっと見つめると、魂を吸い取られるような気さえしてくる。

「——おれ宥経より好きな人ができたんです」

それが虎神なのだと続けて告白しようとした瞬間、虎神の目の奥に鋭い光が宿った。それに呼応するように周囲の温度が一気に下がり、摑まれた肩に力が込められる。

「……気持ちが移ろったのですか」

尋常ではない痛みに顔を顰《しか》めつつも、事実なので頷《うなず》いた。虎神の身体が離れ、なおも遠ざけるように胸を押され、朋成は後ろへとたたらを踏む。

「——瀬名はそうではなかったのに」

「え」

身体のバランスを取り転倒を免れると、見上げた虎神の表情には憤激の色が漲《みなぎ》っている。

「むしろ瀬名が特殊な人間なのですか？」

自分の告白がそれほどまでに虎神を怒らせるものだとは思わず、向けられた怒りの強さに困惑する。

瀬名、瀬名、瀬名。

虎神の口から瀬名の名前を聞きたくなくて、咄嗟に耳を塞《ふさ》いで蹲ってしまう。

近くにいすぎたから、錯覚をしてしまった。

たかだか人間なのに、神様の傍にいたいなんておこがましい話だったのだ。

左腕を摑まれ、捻《ひね》るような強引さで引き起こされた。同時に身体が重力を失う。気づけば朋成の身体は虎神の背丈を追い越すほどの高さまで浮かんでいた。

「……りした」

「え？」

もう耳を覆っていないのに、その言葉は上手く聞き取れなかった。

けれど、まるで鬼神のような険しい表情を前にすると、これまでのように安易に聞き返すこともできなかった。

お前にはがっかりした。

そんなふうに聞こえたような気がする。

ぽつり。

先刻まで晴天だった空には、あっという間に暗雲が立ち込めていた。境内は夜の始まりのように薄闇を纏い始め、朋成の頬に一粒の水滴が触れると、疎《まば》らだったそれが一気に密度を増していく。

激しい雨。そして至近距離で雷が落ちるための行き場を探すようにゴロゴロと唸《うな》っている。

　空が一瞬だけ明るくなった。

　稲光が空を駆け、一本の樹へと腕を伸ばす。直後、耳を劈《つんざ》くような雷鳴が轟《とどろ》き、ベンチの脇《わき》にあった御神木は落雷で真っ二つに引き裂かれた。

　その裂け目からは火が燃え上がり、水分の蒸発により発生した大量の煙はまるで意思を持っているかのように蠢《うごめ》き、周辺を白煙で覆い隠そうとしている。

　呆然《ぼうぜん》と見上げていると、虎神の背後の空間に切れ目ができたことに気づいた。まるでファスナーを下げるように突如現れたその空間からは、神社の本殿に負けないくらいに巨大な右手が出現する。その圧倒的な畏怖《いふ》を与えてくる存在は、朋成の背筋にぞくりとしたものを走らせた。

　大きく開いた手は、虎神を簡単に手中に収めた。そして虎神を包んだまま、その手は空間へと後退りを始める。

「虎神様!!」

　ファスナーが上げられるように、空間がゆっくりと閉じられていく。宙に浮いていた朋成も、虎神の姿がなくなったと同時に放り出され地面に叩きつけられた。

　受身の取りようもなく、あちこちに痛みが走る。

「虎神様‼　虎神様‼」

地面に這《は》いつくばったまま、どんなに声を張り上げても虎神の姿を見つけることはできず、気配すら感じ取ることもできない。

朋成を打ちつけていた雨はあっという間に止《や》み、あの激しい雷雨を呼んだ暗雲すら箒《ほうき》で掃かれたかのように、もう欠片《かけら》もなかった。

青空が戻る。

激しく燃え続けている御神木を呆然と見上げていると、遠くの方から消防車のサイレンが聞こえた。追従するのはパトカーのサイレン。けたたましい音たちが、いつもは静寂しか満ちていない境内に喧騒《けんそう》を運んでくる。

そしてそれは原因不明の発火現象として処理され、しばらくの間神社への一般の立ち入りが禁止された。


入場規制が解除されてから、朋成は急いで神社へと向かった。しかし境内の隅々を探し歩いても、虎神を見つけられなかった。

それからさらに一週間が経過しても、結果は同じだった。

今朝《けさ》も虎神を見つけられず、がっくりと肩を落とした朋成はいつか虎神と並んで座ったベンチによろめくように腰かけた。

きっとあの空間から戻ってくることができないでいるのに、ただの人間でしかない朋成には虎神を救う手立てがなかった。

こめかみの髪を鷲摑《わしづか》み、頭を抱える。

主祭神にとって虎神は下僕だ。

もし他の存在によって封じ込められたのだとしたら、きっと黙っていないだろうと思うし、すでに救い出されていることだろう。

虎神の姿を見つけることができないということは、あの大きな手の持ち主は主祭神であることに間違いはなさそうだった。

虎神の姿が街で目眩《めくら》ましをした時のように、ただ朋成の目に見えないだけならいい。

けれどそうでないのなら、主祭神の作った目に見えない檻《おり》から虎神を救い出すための方法を見つけなければならない。

そんなこと、ただの人間である自分にできるだろうか。

決意した傍から生まれる不安が胸の奥の方から心を苛《さいな》んでくる。

けれど虎神に逢いたいから、逃げ出してしまいそうな足を叱咤して拝殿へと向かう。気持ちばかりが焦り、境内を闇雲に歩き回りすぎた足が縺《もつ》れた。

「あっ……！」

玉砂利に重心のバランスを崩されて、朋成は前のめりに転倒する。

のろのろと身体を起こす。手のひらには擦り傷ができていて血が滲んでいたが、痛みは感じなかった。力の限り拳《こぶし》を握り込んでも、なぜか痛みは生まれてこない。

ふと視界に飛び込んできた両手が、朋成の拳を優しく包む。

虎神だと思った。

勢いよく顔を上げたが、そこには望む姿はなかった。

「瀬名ちゃん……」

その眼差しは朋成を心配する色が濃く滲んでいる。

「……彼を探しているんだよね？」

虎神が姿を消してから、朋成の食事量はぐんと落ちた。眠りも浅く、下瞼には見事なクマができている。そんな状態なのに神社でウロウロと境内を徘徊《はいかい》しているのだから、心配をかけていないはずもない。

きっと見兼ねた家族が、弱音を吐きやすいであろう瀬名に慰め役を託したのだろう。

「喧嘩《けんか》しちゃった？」

スムーズな所作で誘導されて、並んでベンチに腰を下ろした。そして瀬名は優しく朋成の肩を抱く。自分よりもずっと小さな体躯《たいく》なのに、その腕に込められた力は強い。

「……怒らせて、嫌われちゃった」

優しい声をかけられて頭を撫でられたら、涙が止まらなくなった。

「嫌いになんかなってないよ。虎神様は、トモのことをとっても大切にしていたから」

「……え」

見上げると瀬名がいつもよりずっと優しい眼差しで朋成を見つめていた。その瞳の色が朋成と虎神の関係を知っているのだと物語っている。

「……瀬名ちゃん……気づいてたの？」

境内でいつも一緒に話していた青年が、虎神だということを。

「最初に呼び止められた時はトモのボーイフレンドだと思ってたんだ。トモのことばかり聞きたがるし、子供の頃の話とかすると、とっても嬉しそうな顔をするからさ」

瀬名の綺麗な指が優しく頬の涙を拭《ぬぐ》ってくれる。

「でも話をしているとね、言葉の端々から自分よりも何倍も長く生きている人の重さを感じたんだ。それと彼、鞢《ゆがけ》の——革の臭《にお》いを嫌がってた。オレ昔ね、虎神様らしき方に会ったことがあるんだ。その方も革の臭いと弓道が嫌いだった。もちろんここで知り合った彼は記憶の中の顔とはまるで違ったんだけど、そこかしこに散らばってるピースを集めていたら、なんとなくそう思うようになって、頼経からトモの儀式のことを聞いて、やっぱりな、って確信したんだ」

瀬名に正体はバレてはいない、と自信満々だった虎神の顔が過ぎり、また涙が零れる。

(全然ダメじゃん……)

いくら顔だけ変えたとしても、神様へ願いを届けることができる瀬名を騙《だま》せるはずもなかったのだ。

「虎神様は、おれじゃなくて瀬名ちゃんのことが好きなんだよ」

しかし瀬名は首を傾げる。

「オレのことが好きだったら、虎神様のことを嫌いになるの?」

「ならないよ!　たとえどんなに嫌われても、おれからは嫌いになんかならない!」

自分でも驚くほど大きな声で叫んでいた。それと同時に自分の気持ちがクリアーになった。

「――あ……」

「もしトモの言う通りだったとしても、それは遠い昔のことなんじゃないかなって思うよ。

ごめんね。虎神様にトモのことをたくさん聞かれるのが嬉しくてここで話すことが多かったけれど、トモから見たら面白くない光景だったよね。大人なのに配慮が足りなくて、本当にごめんなさい」

「瀬名ちゃんは悪くない……おれが……おれが……！」

何を話しているの。

おれも仲間に入れて。

勇気を出してちゃんと自分の言葉で訊ねることができていたら、勝手な妄想に囚《とら》われることはなかった。

虎神のことが好きだから、独り占めしたかった。

「嫌な態度とって、ごめんなさい」

嫉妬心に塗れて尖った言葉は、きっと虎神だけでなく瀬名にも向けていたことだろう。

「そんなことない。トモは昔も今も、とってもいい子だよ。だからもう泣かないで」

瀬名の両腕に包み込まれ、その温かさにまた眦《まなじり》に涙が滲んだ。

Ⅸ　神域

「――やっぱり変だよなぁ……」

神社を包む空気のかつてない重さに、朋成は堪らず身震いした。雨を含んでいる時とはまるで違う、粘性のものがまるで皮膚呼吸を遮るかのように身体中に纏わりついている。

清浄だった境内の空気が少し重く感じるのは、大晦日《おおみそか》の『年越しの大祓《おおはらえ》』という神事から半年分の穢《けが》れが蓄積されたからなのだろうか。

竹箒を片手に、初夏だというのにどことなくくすんで見える空を見上げると、朋成はもう何度目になるかわからない重い溜息を吐いた。

瞬く間に季節は巡り、虎神と逢えなくなってから二度目の夏を迎えた。宥経とともに大学に進学はしたものの、花のキャンパスライフなるものは少しも送れていない。

「おれ、どうしたらいいのでしょうか」

気づけば答えを貰うことのできない問いを、主祭神が鎮座している本殿の方角へと小さく呟いていた。

当初、主祭神が虎神をとても可愛がっていることを聞かされていたから、怒りは早々に収まると思っていた。

そんなふうに高を括《くく》っていたけれど、やはり神は、神。人間ごときの物差しで測ることはできず、なんの情報も得られないまま、まったくの音沙汰なしになってしまった。

自分に見えないだけなら、それだけのことをしてしまったので仕方がない。

けれど未《いま》だにあの空間に閉じ込められているような気がしてならなかった。

「朋成くん。ここが終わったら、あっちもお願いできるかな？」

宮司の補佐職である禰宜《ねぎ》の佐々木《ささき》に末社の方を指差され、頷いた朋成は箒とゴミ袋をひとまとめにして抱えた。

朋成は週に一度、神社の清掃作業に従事している。

本当は瀬名のように毎日参拝したかったのだが、瀬名の行動を真似《まね》ただけではきっと気持ちは伝わらないと思ったので、募集されてもいないボランティアスタッフに手を挙げた。

宮司が何も言わずに朋成の我《わ》が儘《まま》を受け入れてくれたのは、昂神家と密接な関係があるからこそ、事情を汲んでくれたのだろう。

慣れた手つきで社の周辺を丁寧に箒で掃き、枯れ葉や木の枝を一箇所にまとめると、虎神がいつかそうしていたように扉に続く階段の縁にちょこんと腰かけた。

（逢いたいなぁ……）

ここで肩を並べて話した日が、遠い昔のことのようだった。

当然のことながら、人間と神では生きている時間の感覚が違う。もしかしたらもう二度と逢うことはできないのかもしれない。ふとした瞬間に過ぎる不安を、何度胸の裡で打ち消したことだろう。

すっかり湿り気を帯びてしまった気持ちを叱咤すべく、自身の頬を叩く。立ち上がると、いつの間にか朋成の正面に顔立ちの整った二人の着物姿の男性が並んでいた。

足音どころか気配すら感じなかった。

右側の金髪を逆立てたような髪型の男性は虎神よりもずっと大柄で、左側は銀色の長い髪を背中に垂らした、痩身《そうしん》で柔和な顔立ちをしている。

周辺の空気が一気に変化したことで、人ならざる存在だと容易に推測することができた。風の音も木の葉が擦れ合う音も何も聞こえないのは、虎神がそうするようにこの二人にも特別な空間を作り出すことのできる力があるということなのだろう。

ごくり。

緊張のために口腔に溜まった唾を嚥下《えんか》する。

「私たちが見えているか？」

外見からは想像もできない凛《りん》として軽やかな声だった。朋成は頷き、その威圧感に押されたように数歩後退った。

「それならば好都合。昂神の血は審神者《さにわ》顔負けだな」

この状況を楽しむように口角が上がると鋭い犬歯が覗いた。虎神のものならば少しも怖くないのに、今正面にいる青年のそれには若干、恐怖心を覚えてしまう。

一体何に対して都合がいいのか。

気になったとしても、おいそれと話しかけることはきっと得策ではない。

朋成の食い入るような視線を気にすることはなく、青年はまるでこの空間を抱きしめようとするように、大きく両手を広げた。

それはまるで演劇のように大きなリアクションだった。

「お前も気づいていると思うが、今この境内にはかなりの穢れが入り込んでいる」

その言葉の直後、朋成の周囲に大量の黒い靄が出現した。

木々の狭間《はざま》や、社、池の周辺。そして玉砂利の上へと黒いものが塊となって漂っている。

それはここ最近の朋成がずっと感じていたものが、青年の力で可視化されたようだった。

（こんなに……）

浮遊するそれらは参拝者にまで纏わりつこうとしている。

神域でここまで穢れが停留することは、これまできっとなかったことだろう。

「長年、私たちは枸橘とともにこの神社を守ってきた。けれど主様の逆鱗《げきりん》に触れた枸橘が蟄居《ちっきょ》させられてしまってからは、もう私たちだけの手には負えないところまで穢れが入り込んでしまった」

虎神を連れていってしまったあの大きな手。それはやはり主祭神だった。それならばきっと虎神に危害が加えられていることはないだろう。そのことにひとまず安堵した。

「主祭神様のお怒りはまだ解けないのでしょうか……」

境内が不浄化してしまうと、一番困るのは主である主祭神だろう。

この危機的な状況に気づかないはずもない。

「主様は頑固な方だから、言い出した手前引っ込みがつかなくなっておられるのだ。とはいえ私たちは守りとしてここを動くことができない。――お前、枸橘を解放しに行く気はあるか？」

突然、目の前に一筋の道が開けた。

これまでなんの方法も見つけることができず、ただ徒《いたずら》に日々を過ごしていた。

けれど朋成にもできることがあるというのなら、藁《わら》にでも縋るに決まっている。

「行きます！」

即答すると、銀髪の青年が不安そうに瞳を揺らした。そして金髪の青年の着物の袖を引くが、青年はそちらを見ることなくその手を宥《なだ》めるように撫でる。その所作が気にならないと言えば嘘になるが、それよりも彼らの気が変わってしまう前に虎神を救う手立てを知りたかった。

「ただの人間である私が、虎神様を救えるのでしょうか」

主祭神は虎神ですら足元に及ばない偉大な存在だ。朋成が不安を口にしても、さらりと打ち消される。

「時を選べば、強行突破できなくもない」

その『時』というのは今週末、瑞月穂神社も含めて六月末に日本各地で行われる伝統的な行事——夏越《なご》しの祓《はらえ》のことだ。

年末に行われる年越しの祓と対になる行事で、茅《ちがや》という草で編まれた輪を境内に設置し、それを作法により潜《くぐ》り抜けることで病気や災いから免れられると言われている。

その茅《ち》の輪《わ》くぐりは半年間の厄落としをするための大事な行事だった。

これまではただ参加するだけだったその行事に、朋成は去年から設営に加わるようになった。

「夏越しの祓の際、厄落としにありったけのお力を使われた後、主様は神饌《しんせん》の菓子、水無《みな》月《づき》を召し上がる。大好物ゆえ、その間は菓子に気を取られておられる。その隙《すき》に我々が空間に切れ目を入れるので、そこから結界の中に入り込んでほしい」

水無月は三角形のういろうに小豆が載ったお菓子のことだ。

虎神は果物が好物だったけれど、主祭神は和菓子らしい。

それならば母に頼んで、この辺りで一番美味しい和菓子店の水無月をたくさん用意してもらおうと心に決める。

「中に入った後は我々にはもう何も手出しはできない。命の保証も、だ。それでも行ってくれるか」

「構いません」

朋成は再び即答した。

「もともと虎神様にいただいた命です。それをお返しするまでのこと」

虎神が所有物にしてくれたから、神の怒りに染まった血から解放されることができたし、獣化することもなくなった。

――与えた命を手離したことを知ったら、きっと虎神はまた激昂《げっこう》することだろう。

けれど人間である朋成よりも、虎神がこの世界に存在してくれるほうが、ずっとこの街

の人々のためになる。

虎神を救い出すことができたその時は、心変わりをしてしまうような駄目な人間である朋成を少しだけでも見直してくれるだろうか。

失望されたことが撤回されたらいいなと願いつつ、朋成はその日を指折り待った。


日曜日。

夏越しの祓の当日は、年末年始ほどではないが想像していたよりもずっと混んでいた。

朋成は参拝した人々に初穂料を納めていただき、厄を移すための人形《ひとがた》と呼ばれる人の形を模した紙片を手渡す係を手伝っていた。

神事が始まり、宮司が祝詞《のりと》を読み上げていく。神職が茅の輪くぐりを終えると、参拝者もそれに続き、すべてが終わると宮司たちが参拝した人々の厄を移した人形を流すために川へと向かった。

この神社では厄落としとして参拝者に水無月が振る舞われるので、それをいただけば行事としては終了だった。

朋成はポケットに個包装された水無月をいくつか突っ込むと、スタッフの輪から抜け出し、待ち合わせ場所として指定されている虎神の社へと向かう。

すでに金と銀、対の髪色を持つ二人が待っていた。

「よろしくお願いいたします」

朋成は深々と頭を下げると、金髪の男性が示す社の扉へと向かい階段を上がっていく。

肺に残る酸素をすべて吐き切るほどに深呼吸すると、末社の扉に手をかけた。

鍵のかかっていない扉は大した力がなくても開いた。緊張で息を詰めてしまっている朋成の眼前には十畳ほどの、祭壇も何もない空っぽの倉庫のような空間が広がり、内側を一周するように神域の印である紙垂《しで》が張り巡らされている。

恐る恐る一歩足を踏み入れる。

すうっと、目の前の空間に切れ目が入った。

その大きさは五十センチほどしかないが、あの日虎神の背後に現れたものと同じように、その切れ目から覗くのは漆黒の闇だった。

「念を押すが、中に入ったら我々はもう何も手助けすることはできない」

「はい」

「――本当にいいの？」

朋成の返事に被さってきたのは、柔らかな声だった。

これまで一度も声を聞いたことのない銀髪の男性が、どこか困ったように眉根《まゆね》を寄せている。

「はい。道を作ってくださっただけで、十分ありがたいです」

朋成は再び頭を下げると、社に向き直り、切れ目に手をかけた。

ぴんと張ったラップフィルムを指先で裂いていくような感触が伝わってくる。

怖くないかと問われたら、死ぬほど怖い。

けれどそれは朋成が足を止める理由にはならなかった。

「いってきます！」

ぽっかりと開いた闇に片足を踏み込ませた。その瞬間、目に見えない何かに全身を包まれたような感覚に陥る。皮膚は微弱な電流に触れているようにぴりぴりとした痛みを発していた。

引き伸ばした隙間から上半身を潜らせる。異空間に両足をついた途端、あっという間に空間が閉じ、闇の中にぽっかりと置き去りにされてしまった。

「虎神様」

呼びかけても当然返事はない。

この場所で何をすればいいのかすら見当もつかなかった。自分がやれるべきことが何かないかと、周囲に首を巡らせた。けれど何も見ることはできない。

「わっ」

わずかな段差に爪先《つまさき》が引っかかり尻餅《しりもち》をつく。異空間でも痛みは健在のようで、腰を摩りつつ立ち上がった。

ふわり。

不意に何かが闇の中でそよいだ。紙垂だった。どこにも光源はないのに、闇の中から青い光を纏って浮かび上がる。

光でできた鳥居の形をしたものも出現し、奥へ、奥へと一つずつ数を増やしていく。そして有名な稲荷《いなり》大社の千本鳥居を彷彿《ほうふつ》させるかのように道を作り出した。

朋成のために誂《あつら》えられたとしか思えないし、それならばなおさら進まねばならなかった。

十畳ほどの広さしかなかったのに、神域に足を踏み入れているせいか道はどこまでも続いている。終着点に辿り着く気配もなく、最初は歩きやすかった板間だったのに、気づけばゴツゴツとした岩肌になり、靴を履いていてもその尖り具合が痛かった。

鳥居が終わった。

前方には洞窟《どうくつ》のような空間と闇が広がっている。後戻りをするつもりは毛頭なかったが、振り返ると美しく並んでいた鳥居と紙垂は、わずかな光も残さず消えていった。

普段ならば、どれだけ暗くともしばらく時間が経過すれば目が慣れて、うっすらと周囲を確認することができる。

けれどこの場所は完全なる闇で、どれほど目を凝らしても顔に近づけた自分の手さえ見ることができなかった。

これでは進むべき道も見つけられない。

ポケットから携帯型の懐中電灯を取り出すと、周囲を照らしてみた。

剝き出しになった岩肌の向こうに道を見つける。その道が正しい道なのかどうかもわからないけれど、ひとまず中を散策してみないことには虎神を探すことすらままならない。

慎重に進んでみる。どの道もこれといって危険はなさそうだったが、代わりに出口らしきものもなかった。

懐中電灯の予備電池も切れ、その代わりに懐中電灯機能を使っていた携帯電話の電池も切れた。最初から圏外だったせいか、航空機モードにしたりして積極的に電波を受信しようとしなかったため、いつもよりは長くもったと思う。

この暗闇に足を踏み入れてから三日が経過したところまでは携帯電話に内蔵されたカレンダーで確認できたが、電池が切れてからは、一体どのくらいの時間が経過したのかわからなかった。

どの道も行き止まりばかりで、虎神へと続く道を見つけることもできず、疲れ果て座り込む。

（こんなところで餓死とかするのかな……）

ポケットに入れてきた水無月は、少しずつ齧っても二日しかもたなかった。

身体は生存本能に従うと決めたようで、朋成に無駄なエネルギーを使わせないために少しずつ気力を奪っていく。

このままここにいても虎神に会えるとは思えないのに、もう足が動かなかった。

身体の疲れはピークに達して、座り心地も凭《もた》れ具合もとにかく悪い状況に置かれているというのに、睡魔に誘われた朋成はそっと両瞼を閉じる。

自分では瞼を閉じただけだと思ったのに、まるで夢を見ているように脳裡《のうり》に過去の記憶浮かんでは消えていく。

子供の頃、宥経としたたくさんの悪戯。

家族で旅行に行った時のこと。

それはまるで死ぬ間際だと教えてくれるかのように、楽しかった思い出が、走馬灯のようにくるくる回っていく。

色とりどりの世界の中で、一際鮮やかなものが目を惹《ひ》いた。

手繰り寄せて覗き込むとそれは、虎神と過ごした甘く優しい三年間の記憶だった。

どの場面を眺めても、虎神に向けている朋成の表情は笑顔で、家族に向けるものとはまるで違っていたことを再確認させられる。

（やっぱり一緒にいたい――）

こんな無謀なことをしたと知ったら、きっと家族は呆れることだろう。

けれど、もしかしたらもう二度と虎神に逢えないかもしれないと思ったら、いてもたってもいられなくなってしまったのだ。

自己満足でしかないかもしれない。

けれど、どうしても虎神に想いを伝えたかった。

「虎神様……」

そう口にすると、意識がクリアーになった。今眠ってしまったら、もう目覚めることはできないかもしれない。そんな嫌な予感が胸を過ぎる。

頬を叩くと眠ってしまうことを防ぐために立ち上がった。岩を伝いながら歩を進める。

その間も胸に繰り返し蘇《よみがえ》るのは虎神と過ごした穏やかな時間ばかりだった。

名前を呼べば、どこにでも駆けつけると言ってくれた時は本当に嬉しかった。

けれどもう嫌われてしまっていたから、真名《まな》を呼ぶことなんて許されないと思っていたし、同時に、呼んだとしても来てくれなかった時のことを想像するだけで怖かった。

けれど。

「……枸橘、さま」

もしかしたら最期になるかもしれない。

そんな想いに突き動かされて、これまで一度も音にしたことのない虎神の真実の名前を恐々と口にした――瞬間、心臓が大きく震えた。

知らず涙が頬を伝う。

心の底から想う人ならば、名前を呼ぶだけでこんなにも胸が苦しくて、涙が零れるなんて思ってもみなかった。

「枸橘様!!」

ずっと言葉を発することを忘れていた。

大きな声でその名前を呼ぶと、胸の痞《つか》えがとれたように清々《すがすが》しい気持ちに包まれた。気持ちを新たに再び歩き出そうとした瞬間、朋成、と自分の名を呼ぶ虎神の声が、頭の中に直接響いた。

「枸橘様!?」

しかしそれが錯覚ではないことを裏づけるように、どこからともなく柑橘《かんきつ》系の香りを含んだ爽やかな風が吹き込んできている。

(これって、枸橘様の匂いだよね?)

ほんの微《かす》かな香りを頼りに暗闇を進んでいく。どのくらい歩いたかは解らないけれど、まるでここだと知らせるかのように表面の一部分だけが淡く光っている岩の前に辿り着いた。まるで重機にぶつかられているような大きな振動を受けるたびに、光る岩は焼き菓子のようにぼろぼろと崩れていく。

こんなことができるのは虎神しかいない。

「枸橘様!」

この岩の向こうに虎神がいることを確信し、飛びつくと朋成は力いっぱいその岩を叩いた。拳は容易く割れてしまったが、虎神の真名を呼びながら繰り返し叩くと、大きな塊を崩すことができた。

虎神が約束を果たしてくれた。

それを喜ぶ間もなく、強烈な光が飛び込んでくる。反射的に瞼を閉じたものの遮ることはできなかった。針を刺されるというのはこういうことなのか、と思うほどの激痛が目に走り朋成はその場に転倒する。痛みから逃れることができず、朋成は海老のように丸まった。

痛い。

あまりにも痛すぎる。

外傷はないのに、まるで身体中を太い針が抜けていくような痛みに思考が占拠された。

「朋成‼」

どうしても瞼を開くことができず、その姿を見ることはできないけれど、倒れ込んだ自分を支えてくれた腕の感触と柔らかな声は虎神に間違いなかった。

「どうして……どうして人の身でこんなところに！」

心配するように震えてはいるが、最後に耳にした時の冷たい声の響きはどこにもなかった。

（……よかった。怒ってない……）

もしかしたら、都合のよすぎる夢かもしれない。

けれどもう一度虎神の声を耳にすることができたから、こんなにも胸が苦しいのに、堪らなく嬉しい。

「ごめんなさい。こんなところまで追いかけてきて……」

「無理に話さなくていい」

優しい言葉に、首を横に振る。

「心変わりをするような人間で、ごめんなさい」

全身に刺さる痛みは、じきに自分から意識を奪うだろう。再び目を覚ますことができたとしても、虎神にもう一度逢えるなんて保証はどこにもない。

きっとこれは最後のチャンスだ。

「子供の頃から、ずっとヒロが好きでした」

朋成は腕を伸ばすと虎神の腕を掴んだ。手に馴染《なじ》む着物の感触を忘れてしまわないように胸に刻む。

「……でも、おれは心変わりをしてしまいました。一緒に過ごした三年で、枸橘様がおれの一番大切で、大好きな存在になっていたんです」

「私が……？」

「はい。おれなんかの気持ちが信用できないのも解っています。でも許されるなら、これから先も、ずっとお傍にいたかったです」

告白を終えるとその安堵感からか、どうにか繋いでいた意識が遠退《とおの》いていく。

「——どうかお元気で」

呼びかけてくれる虎神の声が水の中で聞いているかのように撓《たわ》んで上手く聞き取ることができない。

けれど、焦りや心配といったいろんな感情が溶け込んでいることには気づくことができた。

餞《はなむけ》としてはあまりにも幸福なことだと感謝しながら、虎神の腕の中で朋成はようやく完全に意識を手離した。

X　想望

子供の頃、長兄の頼経に抱き上げられた時のように身体がふわりと浮上した。しかしそれは錯覚で、意識が覚醒《かくせい》しただけに過ぎない。

目が覚めたはずなのに、視界は夜よりもなお暗い闇の中だった。

目を擦ろうとして何かに阻まれる。ぐるりと頭部を圧迫するそれが包帯で、朋成は自分が入院中だということを思い出した。

革と布の擦れる音がした。スプリングが大きく軋《きし》む音が続く。

「目が覚めたのか？」

頼経が横になっていたソファーから起き上がったようだ。

「どこか痛むのか？」

朋成を労《いたわ》ってくれる頼経の優しい声に、朋成は首を振った。頭を撫でてくれる大きな手のひらの感触が心地よい。

入院してから家族が交替で泊まり込み、朋成の身の回りに気を配ってくれている。

「大丈夫。目が覚めただけ」

のそのそと上半身を起こすと、すかさず介助の腕が背に添えられた。朋成の現状が自分のことのように口惜しいのか、頼経の手のひらに込められる力はぐっと強い。

「頼兄、ありがと」

申し訳ないなと思いつつ、暗闇の中に取り残されている状況が心細いので一緒にいてくれることがありがたかった。

行方不明になっていた朋成が無事に保護されたのは、神事から一週間後のことだった。救急車を手配した宮司によれば、この世のものとは思えない美しい虎が、その背に乗せた朋成を社務所の前まで運んできて、その後、煙のように消えてしまったらしい。

病院に運び込まれた朋成には目立った外傷はなかったが、極度の栄養失調状態によりかなり衰弱していた。二日間眠り続けたのち無事一命は取り留めたものの、最悪なことに朋成は両目の視力を失っていた。

いくら検査を重ねても原因は不明で、医師や家族は困惑していた。

けれど朋成には自分が失明した理由が解っていたので、心配をかけ続けていることを申し訳ないと思いつつ、悲嘆にくれることもなく全盲になってしまったことを受け入れた。

人間の身でありながら、神域に足を踏み入れた。

かつての先祖と同じことを繰り返してしまったのだから、きっと主祭神の逆鱗に触れてしまったに違いない。

失明してしまったのは自業自得だったので、朋成は知らぬ存ぜぬを貫き通し、行方不明になっていた時のことを何も語らなかった。

けれど発見された時の状況から鑑《かんが》みても神隠し状態だったので、虎神が絡んでいることは家族の誰の目にも明らかだった。

結局どんな形をとっても、昴神家の次期当主は神の怒りに触れてしまうのか、と両親の声は絶望の色を纏っていた。

見えないけれど、きっと肩もがっくりと落としていたに違いない。

けれど朋成はそうは思わなかった。

目が見えないのは確かに不便ではあるけれど、あの暗闇だけの世界にいた時、もう二度と家族には会えないと思っていたから命があるだけでもありがたかった。

(虎神様は無事に出られたんだよね?)

宮司が目にしたという美しい虎。それが虎神だったかどうかを、早く退院してあの金と銀の人ならざる存在に確かめたかった。

「夕飯あんまり食ってないから腹減ったんじゃないか？　林檎《りんご》でも剝いてやろうか」

「大丈夫だよ」

首を振ると、頼経が肩を落とした姿が瞼の裏に浮かんだような気がした。

頼経は歳《とし》がずっと離れているせいか、まるで父親のように甲斐甲斐しく世話を焼いてくれる。きっと瀬名にも対してもこんな様子なのだろう。

（――あ）

瀬名の顔が脳裡に浮かんだ瞬間、ずっと誰かに――とはいえ朋成にとっての誰かは瀬名か頼経しかいないのだけれど、聞いてみたかったことを不意に思い出す。

「――あのさ、へんなこと聞いてもいい？」

「うん？」

声色だけで、頼経が首を傾げたように感じる。

「友達のことなんだけどさ、えっちの時って、相手が気を失っちゃうとやっぱりつまんないの？」

「げほっ」

予想もしていなかった方向からの質問だったのか、頼経が噎せた。そのまま何度か咳《せき》を繰り返すと、気管がヒューヒューと掠れた音を立てている。

「……セックスが、つまんないって言われたのか？」

「えっと、そうみたい」

「なんだ、それ。お前、どんなクズ男と付き合ってんだ！」

時間を配慮して小声ではあるものの、頼経の罵声《ばせい》が飛んだ。自分のことではないと前置いたものの、相手が同性ということまでしっかりばれていることに驚きを禁じえない。

「もうしないのかって聞いてみたら、お互いが楽しめないことは、するだけ無駄だろうって言われた」

「――気を失うほど痛かったのか？」

「そこまで痛くなかったよ……みたい」

ストレートに答えてしまい、慌てて語尾を修正する。

「気持ちがよすぎて気を失ったのであれば、一般的には相性がいいってことだろうな。そもそもどちらだとしても、相手のことが大事ならつまんなくもないし、飽きなんてこない」

頼経の言葉が胸に刺さる。

十分すぎるほど解っていたつもりだったのに、再認識させられると虎神の一番大事な存在になれなかったことが悲しくて堪らなかった。

何をすれば虎神が喜んでくれたのだろう。

どうすれば朋成にもう一度触れたいと思ってくれたのだろう。

神様への想いは向ける方法すら何が正解なのかも解らず、今はもう答え合わせをする機会も失ってしまった。

「……どう頑張ればよかったのかな……」

小さく呟くと大きな手のひらが頭を撫でてくれた。優しい感触に瞼の裏が熱くなる。

「お前がいくら頑張っても、相手がクズならその問題は解決しない」

『クズ』、それは心変わりをした自分を称する単語だ。

身も蓋《ふた》もないほどにばっさりと切り捨てられ、泣きそうになっていた朋成は思わず「ふはっ」と吹き出すように微笑ってしまった。

「……もう寝ろ」

頭を撫でてくれていた手が肩を摑むと、朋成を再びベッドの上へと横たわらせる。夜の湿り気を帯びた夏布団がふわりと空を舞い、朋成の身体を覆った。子供の頃のようにしっかりと肩までかけられる。

「うん」

不思議なくらいすっきりとした気分だった。

結局のところは自分が虎神にとって、特別な存在ではなかったというだけのこと。

(……そうだよね。約束はちゃんと守ってくれたんだもん……)

祟りは朋成の代で打ち切りになり、儀式を終えたあとからは、朋成が獣化することは一度もなかった。

それに『私のものになるなら』と言われただけで恋人になるとか、そんなカテゴリーでしっかりと括れるような関係になれるなんて一度も聞いたことはない。

虎神にとって朋成はただの所有物だ。

それなのに主祭神に背いて、朋成のことを助け出してくれた。

一番大事ではないけれど、それだけでもう十分想われているではないか。

(おれが最初から、好きなんて言わなきゃよかったんだよね……)

抱えた感情があまりにも苦しくて、虎神の気持ちを考えもせず打ち明けたから、人間すべてにマイナスの感情を持たせてしまった。

吐き出して自分だけすっきりしたかったなんて、これではまるでマスターベーションだ。

何も口にしないまま自分の中で育ててさえいたら、せめて今も一緒にいることはできたかもしれないのに。

固く目を閉じる。

瞼の裏に繰り返し浮かぶのは、花よりも綺麗な虎神の笑顔だった。

もう見ることができないそれに想いを馳《は》せていると、いつの間にか生まれた涙が眦から枕へと伝っていった。


微睡《まどろ》みの中で、何かが頬に触れたような気がして朋成は再び目を覚ました。暗闇のままで起き上がる。誰に触れられているわけでもないのに、頭部を締めつけていた包帯がひとりでに解かれて、肩から胸元へ垂れていった。

「え……？」

ぱさりとガーゼも布団の上に落ちたが、どうしてこうなったのか理由が解らない。首に絡む包帯を手繰り寄せ訝しんでいると、突然大きな手のひらに右の頬を包まれる。

「……あ」

その瞬間、まるでスイッチを切り替えたかのように朋成の目に光が戻った。ベッドサイドの照明に険しい表情で朋成を見下ろす虎神の姿が浮かび上がっている
「どうしてここが……」

朋成が入院している総合病院は神社からずいぶん離れているし、病室の数もかなり多い。

そんなことも神通力でクリアーできるものなのだとしたら、やはり神様という存在は特別なのだと感嘆の息を漏らしてしまう。

(もしかして夢⁉)

慌てて頬を抓《つね》ってみたが、しっかりと痛かった。

「――どうしてシシコマに唆《そそのか》されたのです」

「シシコマ？」

怒りと困惑が綯い交ぜになったような複雑なトーンで問いかけられ、聞き覚えのない名前を反芻すると、朋成は心中で首を傾げた。

「拝殿の前を守っている狛犬どもですよ」

獅子狛《ししこま》――獅子と狛犬。

確かに拝殿の手前には、一対の狛犬がしっかりと構えている。

右が阿《あ》像と呼ばれる金色の獅子、左が吽《うん》像で銀色の狛犬。

麗しく印象的で朋成に救いの手を差し伸べてくれた彼らは、狛犬が人の姿に変化していたらしい。

「えっと、唆されてはいないのですけど……」

「けど、なんですか」

「無事お戻りになられて、本当によかったです」

ここに虎神がいるということは、朋成の本来の目的が達成された証拠に他ならない。主祭神のお咎《とが》めもなかったようで、無事な姿をもう一度目にすることができて、心の底から嬉しかった。

精一杯の笑顔を向けると、虎神の表情がますます険しくなる。背中を向けられると触れてくれていた手が外れた。その瞬間、また視界が闇に落ちる。

（あれ？）

どうやら視力が回復したのは一時的なものだったらしい。

「私のものに傷をつけるなんて……」

表情を見ることが叶わない分、声のトーンでしか心情を汲むことができない。

いつもよりずっと低く掠れたその声から察するに、自分の持ち物が壊れたことがかなり腹立たしかったのだろうと感じた。

「申し訳ありません。おれ目をダメにしちゃったみたいで……」

すかさず謝罪をする。しかし虎神からの返事はなく、代わりに伸びてきた両腕にぎゅっと強く抱き込まれた。再び朋成の瞳に視力が戻る。

衣服越しにじわじわと伝わってくる熱は、記憶にあるものよりもずっと温度が高く感じる。まるでぬるま湯に揺蕩《たゆた》っているような心地よさに身を委《ゆだ》ねていると、急にその身体が引き剝《は》がされた。

「お前がうちの弟にちょっかいを出してる男か」

恐ろしく低い声で威嚇《いかく》し、虎神の肩を摑んでいるのは頼経だった。当然のことながら、相手が虎神だとは思っていないその態度に朋成の方が焦る。

「こんなところにまで何をしにきた。どんなつもりで……」

あっという間に虎神の胸元の合わせを摑み直し、高い位置で締め上げる。虎神の手が身体から離れた瞬間、朋成の眼前に暗闇が舞い戻る。

「頼兄、やめて」

慌ててベッドを下りると、音のする方に駆け寄り、絡み合う腕がどちらのものか判別できないままにしがみつく。頼経に一喝された。

「こんな奴のためにお前が泣くことなんてないんだ」

「泣いた……？」

神様に人間の勝手な思いなんて理解できないだろう。虎神が不思議に思うのも無理はない。

「邪魔をするな！」

頼経に向けられる怒りがあまりにも強くて、朋成はぶるりと身体を震わせた。それでも頼経が怪我《けが》をしてしまわないように、盾になるべくその胸に覆い被さる。

「退《ど》きなさい、朋成！」

虎神に肩を摑まれながら、何度も頭を振った。けれどあんなにしっかりとしがみついていたはずなのに、頼経だけが吹き飛ばされ、病室の真っ白な壁に全身を叩きつけられる。壁際に駆け寄ろうとすると、再び朋成の視界が闇に落ちた。それに構うことなく音と気配だけを頼りに、探しあてた頼経に縋りつく。

「酷いです！」

「酷い？　それはこちらの台詞《せりふ》ですよ」

虎神を非難すると逆に詰《なじ》られる。摑まれた肩に五本の指が食い込んだ。鋭い痛みを伴っているが、虎神の表情を目にすることができている。――どうやら虎神に触れられている間は一時的に見ることができるらしい。

「頼兄!!」

何度揺さぶっても、頼経はぴくりともせず目を覚ます気配もない。

「邪魔だから眠らせているだけです」

「でも……！」

「――お前が本当に好きなのは誰なのです」

「――え？」

「私に愛を囁《ささや》いたくせに、もうこの男に心変わりしたのですか」

とんでもない言いがかりだった。

訂正することもできずに怒りに支配された虎神を見上げていると、いつかの時のように朋成の身体が宙に浮かんだ。そしてそのままベッドの上に落とされると、スプリングの固いベッドで後頭部を強《したた》かに打ちつける。ベッドに上がった虎神は、朋成の身体を跨ぎ大腿に腰を落とすことで動きを封じる。

「それは瀬名の伴侶ですよ」

一体虎神は何を言っているのだろうか。

瀬名が頼経の伴侶であることは、自分が一番よく知っているくせに。

「仰っている意味が解りません！」

いくら身を捩っても虎神の拘束から逃れる術《すべ》もなく、そして夜中にこんなにも騒いでいるというのに、誰も咎めに来ることもない。

（まただ……）

神通力で捻《ね》じ曲げられている空間に二人きりになっていた。虎神の手のひらが浴衣の胸元を摑んだ。蜜柑《みかん》の皮でも剝くように、一瞬で上半身が外気に晒《さら》される。

「いや……っ！」

さして求められてもいない人の眼前に、裸体を晒すことは屈辱以外の何物でもなかった。両想いだとしてもとても魅力があるとは思えない裸なのに、どうしていまさらこんな思いをしなくてはならないのだろう。

朋成が抵抗を繰り返すたびに、虎神の纏う空気が苛立《いらだ》ちを増していく。

「っあ……んっ」

不意打ちで胸の飾りに歯を立てられた瞬間、あまりにもみっともない声が唇から零れた。鼻にかかって、舌っ足らずで、媚《こ》びて、濡《ぬ》れている。

耳殻から滑り込み自分の鼓膜を震わせたその淫《みだ》らな声が、情けなかった。

帯を抜き取られると、浴衣はもうなんの役割も果たすことができず、シーツに同化してぐちゃぐちゃと皺を寄せていた。強引に下着を脱がされ、畳まれた膝頭を摑まれると大きく左右に割られる。

「いや、いやです……！」

ほんの少し胸を舐《ねぶ》られただけで、期待に膨らみ始めた分身がゆっくりと勃《た》ち上がろうとしている浅ましい姿が朋成の視界にも飛び込んでくる。その細い幹を手の中にしっかりと摑むと、虎神は上半身を窮屈そうに屈《かが》めた。

「虎神様……！」

身体を反転させられると、背後から覆い被さられた。触れ合う肌の感触が心地よいとか、そんなことに浸る余裕もなく、朋成の感情が一気に揺さぶられていく。

こんなどろどろとした気持ちの時に虎神に触れられたくなかった。

——けれど。

「お前に拒否権はありません」

冷たい声が背中から降り注いだ瞬間、身体から一気に力が抜けた。

それはそうだと得心する。

虎神に繋いでもらった命なのだから、どう扱われたとしても文句を言えるような立場にない。のろのろと枕に顔を埋めると、虎神に身を委ねる。繋がる準備をするために、虎神の手指が後孔を出入りしていく生々しい水音が恥ずかしかった。

セックスをしたのは、儀式の時の一度だけだ。

すでに遠いところにあったセックスで生まれるあらゆる感覚が、触れられるたびに肌の上に蘇る。

柔らかい粘膜を指の腹で押し込むような刺激。硬い後孔の縁を、朋成の蜜を潤滑剤代わりに擦り込まれ、丁寧に伸ばされていくたびに、触れられてもいない分身が淫らに新しい蜜を滴らせる。

初めての時よりもずっと乱暴に身体を拓《ひら》かれていることを感じながら、朋成は自分の心がここではないどこかに置き去りにされているような感覚を味わっていた。

（変なの……）

的確に与えられる刺激は気持ちがいいし、快感を受けた身体はぞくぞくと震える。もっと深いところにまで触れてほしいと強請るように腰はひとりでに揺れていくのに、なぜか心が震えなかった。

初めて肌を合わせた時のような、嬉しいような恥ずかしいような、さまざまな感情に心を揺さぶられることもなく、虎神の綺麗な瞳に映っているであろう自分の姿が、あまりにも哀れな人形に見えて仕方がない。

じわり。

瞼の裏に生まれた熱が、涙を呼んだ。嗚咽《おえつ》が漏れそうになるのを必死で堪《こら》えると、反動で余計に大きくしゃくり上げてしまう。

（……？）

肌に触れていた虎神の手のひらの感触が遠ざかった。続かない行為に朋成はのろのろと振り返る。虎神は俯き、その表情を見ることはできなかった。

「……だから言ったでしょう」

ぽつりと呟く声がひどく弱々しい。伸ばされた腕に容易く引き寄せられた。朋成の首筋に鼻先を突っ込むように深く、背骨が折れてしまいそうに強く抱きしめられる。その抱擁の意味を推し量ることができずに、朋成はしばらくの間その腕の中に閉じ込められた。

「……虎神、さま？」

恐る恐る問いかけると、腕に込められた力が増した。

「前にどうしてもうしないのかと私に聞いたでしょう。——これが答えですよ。私が抱いてもお前はつまらない」

「——え？」

頭の中でたくさんの疑問符が浮かび上がっては消えていく。

「ちょっと待ってください。おれ？　虎神さま『が』つまらないんですよね？」

「朋成がですよ。あんなに早々と意識を落としていたら、楽しめないでしょう？　今だって泣くほど嫌がったではないですか」

初めての時、確かに朋成は意識を失った。

「最中に意識を落とすということは、人間にとっては身体の相性が悪いらしいですね」

「誰がそんなこと……」

いくら性に関することに疎い朋成でも、最中に失神することが身体の相性の悪さだなんて今まで聞いたことがなかったし、その件に関してはつい先刻、経験豊富な頼経に確認をしたばかりだ。

「最初に抱いた晩に宥経が教えてくれましたよ」

「えっ、ヒロ!?」

思いもかけない名前が飛び出してきて、朋成は瞬きを繰り返した。

「朋成が目を覚ましたら、きっと自分のせいで身体の相性が悪いと悲しむだろう。ひとまず帰ってくれと言われました」

「だから……」

初めての時、朋成に付き添っていてくれた宥経の、どこかぎくしゃくとした感じ。それは虎神に嘘を吹き込んだ気まずさが滲んだものだったのだ。

訥々《とつとつ》と語られる虎神の心情。それが耳朶を擽るたびに、置き去りにされてしまったあの夜の、やるせない気持ちが霧散していく。

朋成との儀式に失望したわけではなかった。そのことがとてつもなく嬉しい。

「でもそれならどうして遊びに来てくださらなかったのですか？」

「二人きりになると触りたくなるのです。けれど、触るときっと抱きたくなってしまう。身体の相性が悪いのに無理強いして、お前に泣かれるのは辛い」

だから隣に座った時も、さりげない仕草で距離を取られたのだろう。

「……おれの身体を気遣ってくださっていたのですね」

距離を置かれている間の虎神の気持ちを、どうしてもっとちゃんと推し量ろうとしなかったのだろう。

疑心暗鬼に囚われず、ちゃんと話していれば、朋成に対してこんなにも心を砕いていてくれることを知るのは容易だったはずなのに。

(どうしよう、嬉しい……)

今すぐしがみついてしまいたいくらいに、胸の奥の方がそわそわと騒ぎ始める。無意識に伸ばしてしまいそうになる手をぎゅっと握り込むと、虎神が心配そうな表情を浮かべ朋成の顔を覗き込む。

「朋成？」

子猫でもあやすように虎神の指先が頬を擽る。

「あの、抱きついてもいいですか？」

「いいですよ」

突然のお願いに動じることなく、虎神が両腕を広げてくれる。その胸に飛び込むと、宣言した通りしっかりと両腕をその背に回す。

「虎神様は、宥経に嘘をつかれています」

「嘘？」

「おれが失神しちゃったのは気持ちよすぎたからで、相性が悪いからじゃないんです」

「――気持ちよすぎた？　本当に？」

「はい」

力いっぱい頷く。虎神はそうですか、と嬉しそうに呟くと朋成の身体を強く抱きしめ返してくれる。肺が潰れてしまいそうに苦しいのに、その力の強さの分、想われていると伝えてくれるようだった。

「ごめんなさい。虎神様はおれとするのがつまらないのだと思って、一人で悲しくなっていました」

「どうして」

腕の中から身を捩って虎神の顔を見上げると、綺麗な二色の瞳が困惑するように揺れていた。

「虎神様のことが好きだからです。これから瀬名ちゃんみたいに信じてもらえるように頑張りますから、もっと虎神様の好きなようにいっぱいおれのこと触ってください」

我ながら変な表現だな、と苦笑してしまう。

言葉だけで正確に気持ちを伝えることの難しさに内心頭を抱えつつも、誤解を受けないようにきちんと自分の言葉で想いを伝えるために言葉を紡ぐ。

「おれは虎神様にしか触られたくないんです」

はっきりと告げると、虎神の顔がまるで泣き出してしまいそうにくしゃりと歪《ゆが》んだ。そして朋成を包む両腕に先刻よりもずっと強い力が加わる。

「虎神様……？」

落ち続ける沈黙。このまま再び消えてしまいそうで、慌てて虎神の袂を摑んだ。しかしそのまま覆い被さられるような体勢になり、耳朶に虎神の息がかかる。

「最初は半身に恋をしたお前が不憫《ふびん》だったから、応援しようと思っていたのです。けれど傍にいるうちにお前が本当に可愛くなってきて、神という身でありながら、いつの間にかその恋が破れればいいと思うようになっていました」

まるで人間が持つような生々しい感情を吐露された。神は博愛主義だと勝手に思っていただけに、その告白は意外なものだった。

「宥経を好きだと知っていたから、一度くらいはお前が宥経に触れられることは我慢しよ

うと思っていたのです。――けれど、実際目の当たりにすると無理でした」

だからつい邪魔をしてしまったらしい。

「私は愚かです。お前が宥経に抱かれなかったことが嬉しかったのに、他の人間を好きになったのだと思ったら、怒りと嫉妬で我を失って雷龍《らいりゅう》を呼んでしまいました。……朋成には本当に申し訳ないことをしました」

虎神と契約を交わしてから、ずっと一緒にいたのにそう思われることが不思議だった。

「どうしておれが他の『人間』を好きになったと思われたのですか？　おれの気持ちなんてただ漏れだったでしょう？」

虎神は緩く首を振る。

「今でこそ神として祀られてはいますが、もとはただの畜生。人間には狩られることはあっても、愛されるなんて欠片も考えたことはなかったのです」

まだ何者にも縛られず、自由に野を駆ける一頭の獣だった頃を想像するだけで胸が苦しくなる。

こんなに美しいのに人間に二度も殺されてしまった。とてつもなく長い間、虎神にとって人間は信用するに値しない存在で、そんな虎神が唯一心を寄せたのが瀬名だったのだ。頑《かたく》なだった虎神の心を、柔らかく解《ほぐ》すことのできた瀬名に想われたなら、虎神の心はもっと早くに救われたのかもしれない。

虎神には申し訳ないけれど、瀬名に頼経という存在がいてくれたことを心の底から感謝した。そうでなければ、朋成は自分を犠牲にすることも厭《いと》わないほど、こんなに大切な存在——虎神に出逢うことはなかった。

虎神に触れたいと自然に心が動き、朋成は首を伸ばして虎神の唇に自分のそれを重ねる。まるで微弱な電流が流れているかのように、唇がじんと痺れた。それが合図のように背に回された腕の力が強くなり、気づけばベッドの上に仰向けに押し倒されていた。

初めて見上げた天井を背に、虎神が自分を見下ろしている。虹色の長い髪がさらさらと肩を滑り、朋成の頬を擽った。完璧《かんぺき》な美しさを持つ顔がゆっくりと近づいてくる。反して噛《か》みつくようなキスは、朋成の情欲を一気に煽《あお》っていく。

全身が蕩けてしまいそうなキスに酔いしれていると、何かが頭の中で引っかかった。

（なんだっけ……）

虎神の手のひらで直に脇腹を撫でられた瞬間、朋成は「あっ！」と小さく叫び、身体を起こした。

「虎神様！　頼兄を……！」

先刻虎神が吹き飛ばしたままの頼経の救出を依頼する。かなり面倒くさそうに虎神は頼経を振り返る。そして何かを口にした瞬間、床の上に倒れ込んでいた頼経の姿が跡形もなく消えた。

「どこに……？」

「隣の部屋の空きベッドです」

そう言い放つと、狼狽《ろうばい》している朋成に再び覆い被さる。

「——今度こそ中断はなしですよ」

欲情して掠れる声と押し当てられる下肢の熱。硬くなり存在感を示すそれは、朋成が欲しいと無言で訴えている。それが嬉しくないはずがない。

「はい！」

今までで一番の笑顔を浮かべると、虎神の頬に指先をそっと伸ばした。それをぎゅっと握り込まれると、朋成の項《うなじ》に虎神は鼻先を埋めた。

XI　惜愛

　後孔を出入りする柔らかな舌の感触に恐ろしいほどの快感を与えられながら、身体の向きを逆にした状態で、朋成は虎神の分身に一心不乱で奉仕していた。完全に勃ち上がった屹立《きつりつ》の根元を支え、とてつもなく膨張したそれに子猫がミルクを舐めるように舌を這わせる。シックスナインと呼ばれる体位は、経験の乏しい朋成にはハードルが高すぎるものだったが、虎神に気持ちよくなってほしくて、いつか自分がそうされた時のことを思い返しながら懸命に舌を這わせた。

　咥《くわ》えても半分までしか口腔に収めることはできなかった。仕方がないので、その状態で顔を前後させると上顎の裏や舌を使って擦り上げ、咽喉《のど》の奥の方まで迎え入れた。

　どくん。

　分身が大きく脈打ち、含んでいた分身がさらに膨張した。

「出る……朋成、もういいから」

口を離すように腰を引かれた。しかし朋成は口淫したまま頭を振る。

「だひてくふぁふぁい」

まったく音にならなかったが、射精を促すように先端を強く吸った。

「——くっ……」

臀部《でんぶ》を強く摑まれた。口腔内の分身が小刻みに震え、そのまま朋成の舌の上に生温《なまぬる》い液体が断続的に迸《ほとばし》る。精液独特の生臭さのないそれは、味のないゼリーのようだと思った。嚥下しても咽喉に引っかかることもない。

「ここに出して」

精液を回収しようと、口元に手のひらを差し出された。しかし朋成はこくんと咽喉を鳴らしてから口を開けて舌を出す。

「飲んじゃいました」

「……子供の学習能力は末恐ろしいですね」

「もう子供じゃないです！」

頰を膨らませて咎めると、虎神が微笑う。そして朋成を膝の上に向かい合わせに抱き上げると、背中から尻までをゆっくりと撫で下ろし、そして蕩けるまで舐っていた後孔につぷり、と指先を潜り込ませた。

「んっ……」

痛みはないけれど、熱を帯びた秘肉を長い指で掻《か》き分けられていく感覚は独特だ。排泄《はいせつ》器官を逆行されるのは苦しいのに、その指をもっと奥まで誘い込もうと粘膜がうねり始めたのが自覚できる。気づけば三本まで増やされた指に粘膜はねっとりと絡みついていた。

くちゅり。

もっと掻き乱してほしいと腰がひとりでに揺れる。反するようにすべての指がゆるゆると這い出てしまい、後孔だけでなく心にもぽっかりと穴が開いた気持ちになる。

置き去りにされたような錯覚にも陥り、縋るような思いで虎神を見上げると、その目元には凄絶《せいぜつ》な色香が漂っていた。

「なんという顔をしているのです」

自分がどんな表情をしているかなんて解り切っている。

虎神の与えてくれる快感に溺《おぼ》れて、媚びて、みっともないに違いない。

「もう少し柔らかくしたかったのに……。煽った責任は取ってくださいね」

乱暴にさえ感じる仕草で双丘を摑まれると、身体が十センチほど宙に浮く。

「もう、挿入《い》れます」

欲情していることを隠すこともしない、低く掠れた声を耳朶に吹き込まれた瞬間、与えられる快感を期待した肉襞《にくひだ》が、ひくひくと強い収縮を繰り返した。

「あの、後ろからじゃだめですか？」

前回の儀式の時とは違い、虎神のとてつもない美貌《びぼう》とこんなに至近距離で繋がることが、恥ずかしくて堪らなかった。確実に変な顔になるに違いない。しかし虎神は懇願をにべもなく笑顔で却下すると、分身の先端を蕩けた後孔に押し当てた。

「あ……っ！」

粘膜が大きすぎる存在に強引に掻き分けられていく。生まれた熱と粘膜の悲鳴のような痛みに一瞬身が竦《すく》んだ。けれど自重で思っていたよりも性急に虎神を飲み込んでいく。

「あっ、あン、っは……あっ!!」

隙間なく擦り上げられ、根元までを完全に含んだ直後、朋成は触られてもいない分身からの白濁を虎神の下腹に撒き散らした。

「もう三度目ですね」

射精した回数を確認されると、快感に弱い身体を責められているような気がした。朋成は肩で息をしつつ、唇を噛むと俯く。

「……また気をやりそうですね……」

そう小さく呟いた虎神はベッド脇に丸まっていた包帯を拾い上げると、朋成の分身の根元にくるくると巻きつけていく。

「それ、いやです……」

確かに吐精してばかりでは体力を削《そ》がれる。けれどこんなふうに塞《せ》き止められると、その先に待つ未知の感覚が一体どれほど自分を甘く苦しめるのか想像すらしたくない。

「怖い……」

「怖がることなど何もないですよ」

そう言い切った虎神は、繋がった体勢のまま膝に乗せていた朋成をベッドの上に下ろした。そしてキスをしながら器用に朋成の膝を深く畳み直す。抱えられている時とは比較にならないほど取らされた体位が腹部を圧迫してきて、とてつもなく苦しいのに、角度を変えたことで新たな刺激を与えられた肉襞は嬉しそうに蠕動《ぜんどう》を繰り返した。

ぐちゅ。

虎神が淫靡《いんび》な水音を立てながらほんの少し腰を引いた。そのあとに続くであろう強い抽挿を期待するように無意識にごくりと咽喉が鳴る。抽いた分をわずかに埋め込まれる。

「あっ、――あ、あっん」

虎神の分身の一番太い部分が粘膜の内側を小刻みに擦り上げていくたびに、抑えきれない声が零れていく。

男なのに組み敷かれて、喘がされて、排泄器官に男性器を埋め込まれる。

自分の身体が同性を受け入れるために作り変えられて、こんなに媚びるように濡れた声を出す日がくるなんて思ってもみなかった。

体重をかけられながらゆっくりと根元まで含むと、自分でもどうすることもできないくらいにお腹の中が虎神の分身でいっぱいになってしまった。そんな朋成の強すぎる締めつけが苦しいのか、虎神の綺麗な眉間《みけん》に深い皺が刻まれている。

「大きく息を吐いて？」

頬を撫でられ、促されるまま朋成は深呼吸を数回繰り返した。

身体のあちこちを慰撫《いぶ》するように舐られているうちに、激しく脈打っていた虎神の分身が心なしか肉襞に馴染んだような気がする。

「――動いても大丈夫そう？」

ゆるゆると半分ほど抜き出された。痛みを伴わないそのスムーズな動きに後押しされて、朋成は頷いた。脚を抱え直される。腰が大きく浮いた状態で半分ほど抜き出されていた分身が再び最奥まで潜り込む。

「あ……っ、ん」

虎神の分身の質量が、腰の奥の方にずんと響く。リズミカルな抽挿に朋成はひたすら甘い快感を与えられていた。根元を縛られ、蜜を吐き出せない状態で快感を与えられ続ける狂おしさに啜《すす》り泣く。

「も……イきたいぃ……」

「もうちょっと我慢して」

ただ抜き差しするだけでなく、奥を強く突いてみたり、左脚だけを掴み繋がったまま角度を変えてみたりと性技に翻弄《ほんろう》されていると、強すぎる快感からか次々と生理的な涙が零れ落ちていく。

「虎神さま……とらがみさまぁ……」

子供ではないと反論したくせに、許しを請う子供のように甘えた声で何度も虎神の名前を呼んだ。緩やかな抽挿がぴたりと止まる。射精させてほしかったのであって、やめてほしかったわけではない。身体の熱は最奥で逆上《のぼ》せそうなほど燻《くすぶ》っているのに、まるで取り残されてしまったような気持ちに陥り、涙で潤んだ瞳で見上げた。

「許可は与えたでしょう。ちゃんと私を名前で呼びなさい」

甘い低音できっぱりと命じられた。

頭の中で理性が蕩けていく。

「枸橘、様」

あまりにも大事すぎて呼べなかった。その名前をおずおずと唇に乗せた瞬間、虎神の表情がまるで大輪のバラが花開いたように華やいだ。それと同時に朋成の内部にいる分身が膨張していく。貫かれる時とは違う、まるで風船でも膨らませるかのようにじわじわと粘膜が拡《ひろ》げられていく感覚は初めてのものだった。

「あの……っ、なんか……」

自分を甘く苛んでくる現象をどう表現していいものか口籠《くちごも》ると、虎神がぐいと腰を押しつけてきた。朋成の腰が跳ねる。蕩けた粘膜はどこまでも深いところまで虎神を誘引し、与えられる刺激に貪欲《どんよく》な反応を示していく。

「形が変わるのですよ」

まるで内緒の話をするように唇を耳元に寄せられた。そして続いた言葉に朋成は目を丸くする。

（とげ……!?）

猫科の動物は交尾排卵動物のため、雌は交尾の際、雄の性器の棘《とげ》に促されて排卵する構造になっている。それはもちろん虎も例外ではない。

人間の姿だからこそ獣化している時とまったく同じ機能ではないものの、興奮の度合いによっては変化のコントロールが乱れてしまうらしい。

まるでサボテンのような形状のものを想像してしまう。そんなもので蕩けた粘膜を擦られたら流血沙汰しか待っていない。虎神がほんのわずかに腰を引いただけで思わず咽喉がひゅっと鳴る。

「……血、出ますか？」

虎神が腰を動かすことがなくても、棘を粘膜で包んでいる状態なのだから、遅かれ早かれ傷がつくのだろう。けれど自分はこれまでたくさん気持ちよくしてもらった。虎神が気持ちよくなるために抽挿は欠かせないもので、自分が返せるものといえばこんなことぐらいしかない。朋成は決意して虎神を見上げる。

「おれ、痛いの好きです」

「……朋成？」

虎神が好きだから、痛いのは我慢できる。

そう告げたかったのに、いろいろと端折《はしょ》りすぎただけでなく言葉も混ざってしまった。

頭を抱えたくなりながら、清水の舞台から飛び降りる気持ちで虎神にセックスの続きを促す。

「だから、枸橘様の好きなように動いてください」

「……本当にいいのですか？」

虎神の声が心配そうに揺れる。力いっぱい頷くと、虎神が両脚を抱え直した。そして再び朋成の脚を畳み、伸しかかる。含まされていた屹立がほんの少し内側から引いた。思わず固く目を瞑《つぶ》ってしまう。

鋭利な棘に粘膜をざりざりと裂かれることを覚悟して身構えていると、まったく想像していなかった緩やかな振動が繋がった部分から伝わってきた。恐る恐る片目を開けて様子を窺《うかが》うと虎神が肩を揺らしながら必死で笑いを堪えていた。

「朋成に傷をつけるような棘は出しませんよ――今はね」

言葉の意味を量りかねてぽかんと見上げていると、これ見よがしに虎神が腰を引く。

ぐちゅり。

身構えた朋成の鼓膜を震わせたのは淫靡な水音のみで、想像していた激痛に襲われることはなかった。代わりに朋成に与えられたのは先端に丸みを帯びた突起が粘膜のあちこちを押し上げてくる感覚。これまでより明らかに異物感が強いけれど、それが粘膜を擦っても痛みは一切なかった。

「……あれ？」

一体どういうことなのか訊ねる間もなく、朋成は不思議な形状の性器に熟れた粘膜を擦り上げられていく。緩急をつけた絶妙な抽挿に翻弄されながら、朋成は強すぎる快感にひたすら追い上げられて、涙で瞳を潤ませた。快感の余韻で震える両手を伸ばすと虎神の肩にぎゅっとしがみつく。

そして万感の想いを込めて、その耳朶にそっと唇を寄せた。

「枸橘様、大好きです」

＊　＊　＊

人差し指で紙の表面をなぞっていく。

規則性のある突起がそこに記されている言葉を朋成の指先に伝えてくれるが、一文字を判別するにも時間がかかり、なかなか難しい。

医師にあらゆる手を尽くしてもらったが、退院して二ヶ月が過ぎても朋成の目に光が戻ることはなかった。とはいえ視力の回復の目処《めど》は立たなくとも、生活はしていかねばならない。

幸成はとにかくいろいろと頭を痛めているようで、ただでさえ気難しい表情が五割増しに険しいと珍しく宥経が怯《おび》えていた。

せっかくの跡継ぎが死にかけた挙句に失明なのだから、無理もないことだと思う。

ひとまず朋成は、大学に休学届けを出した。

家では歩数や手探りを駆使することで、不便ながらもどうにか日常生活を送れるようになったけれど、聞くことしかできない時間はあまりにも長すぎた。

そこで瀬名の勧めもあり、点字と呼ばれる視覚障害者用の文字を勉強することにしたのだ。

縦に三つ、それが横に二行並んだ六つの点の位置で五十音を表す点字の基本形は「あ行」――母音だ。それに決まった位置の点を加えることで、「か行」になり、「さ行」にもなる。句読点、疑問符、感嘆符等の記号も表記することができる。

「えーっと、み、か、ん？」

きちんと覚えることができれば点字で書かれた小説を読むこともできるが、今の朋成では三文字を読み取ることすら大苦戦だった。

指先に神経を集中させ続けていると、思っていた以上に気疲れしていた。ソファーに寝転がりたくなるのをぐっと堪えて、朋成は次なる文字に挑むべく指先を滑らせる。

視力が失われてから初めて自分が何気なく過ごしている世界に点字が溢れていることに気づいた。横断歩道の点字ブロックなどの解りやすいものだけでなく、手摺《てす》りや飲み物、エレベーターにインターホン、券売機と多岐にわたっている。きちんと覚えることができたら、神社くらいまでの距離なら一人で外出することもできるようになるだろう。

それが今の朋成の小さな目標だった。

「り、ん……ご？」

前置された濁音符を指先でなぞりつつ、朋成はうーんと首を傾げる。

ふわり。

耳元の空気が揺れた。そして誰かの手のひらが朋成の肩にそっと触れる。視力を失ってから朋成はそれを補うように聴覚も鋭くなっていたので、泥棒ですらこの部屋に侵入したら気づくことができるだろう。

音も立てずに朋成の部屋へと出現することのできる存在。

この手の持ち主は明白だった。

「枸橘様」

朋成はその姿があるであろう方向へ顔を向けると笑顔を浮かべた。虎神が訪れると柑橘類独特の爽やかな香りが部屋の中に広がっていく。

思わずほっと息を吐いた。その香りは深く吸い込むと、視界が閉ざされたことで知らぬ間に研ぎ澄まされてしまっている朋成の神経をリラックスさせてくれる。

「またその何も書いていない本を眺めているのですか」

「もう、ちゃんと書いてありますってば！」

毎回同じ応酬を繰り返すのが楽しいようで、虎神は微笑いながらベッドを軋ませた。どうやらいつものように、だらりと寝そべったらしい。

「枸橘様。今日はお時間ありますか？　獅子狛様たちにもお礼を言いたいので、一緒に神社に行っていただけませんか？」

見えないとなかなか足を運べないでいるけれど、虎神が同行してくれたら獅子と狛犬を探すことができる。しかし虎神は必要ありませんよ、と言い捨てる。

「しばらくの間、出てこられませんし」

「――もしかして、おれのせいで主祭神様から罰を受けられているのですか⁉」

獅子と狛犬が言い出してくれたことだが、これ幸いと便乗したのは朋成だ。罰を受けるべきは自分で、神獣たちではない。

「それは違います。私が獅子狛を簀《す》巻《ま》きにして本殿に放り込んだのです」

「え⁉」

「今頃は主にたっぷりお仕置きされているでしょうね」

虎神が言うには、神事のあの日であれば、狛犬たちの力でも十分虎神を救い出すことができたらしい。それなのに主怖さに朋成を唆して巻き込んだ。

もし朋成が虎神の真名を口にしていなければ、虎神は自分と同じ空間に朋成がいることに気づけず、朋成は衰弱死していただろう。

朋成を無駄に失明させたことにも腹が立ったらしく怒りを露わにしていたが、虎神の口調から残虐なものは感じ取れない。

「今頃は腰が砕けていると思いますよ」

お仕置き——つまりそれはそういう意味での神からの寵愛《ちょうあい》ということか。

「……そ、そうでしたか……」

神という存在に対する清廉なイメージが遠退いていく。考えてみれば日本神話の神たちは、感情の起伏が激しく自由奔放だった。

「また腹が立ってくるので、獅子狛の話はもうやめましょう」

会話を投げ出すその声が、子供のように頬を膨らませている姿を容易に想像させた。

「はい」

そんな虎神にますます愛情を感じていると、周囲の空気が流れて距離を詰められた。キスをされるのかと身構えると、両瞼に柔らかな感触が落ちる。まるで羽根で擽られているような優しい感触は心地いい。

「くすぐったいです」

小鳥が啄《つい》ばむような短いキスを繰り返され、朋成はくすくすと微笑いながら虎神の着物の裾を掴んだ。不意に瞼の裏に光が透ける。

「目を開けてごらん」

そう促されて、いつも固く閉じている瞼を引き上げる。目の前に広がる靄が少しずつ晴れていくと同時に、慣れ親しんだ部屋の内装がじわじわと浮き上がってくる。

ちゃんと自分の目が光を取り込み、網膜に情報を焼きつけている感覚。

それはかつて病院で虎神が触れることで与えてくれた仮初の視界とは異なるものだということだけは理解できた。

世界がゆっくりと輪郭を取り戻していくところをぼんやりと眺めていると、一際早く焦点を結んだのが虎神の姿だった。最後に目にした時と同じように麗しいその姿は、以前目にした時と一箇所だけが異なっていた。痛々しく左目を覆うのは、不似合いな眼帯。

「どうされたのですか？　お怪我でも？」

視力を取り戻せたことよりも、虎神のその姿が気になってしょうがない。嫌な予感だけが絶えず胸に溢れ、朋成の心臓をざらりとしたもので舐め上げていく。

病院で再会した時、虎神に触れられている間だけ視力が戻っていた。けれど今は虎神と身体のどこも触れ合ってはいない。

「どうしておれは見えるようになったんですか？　病院の時のように一時的なだけですよね⁉」

視力が戻ったことを素直に喜ぶことができないのは、口元に微笑を浮かべるだけの虎神に、ひたすら不安で胸がざわめくからだ。

「枸橘様……」

震える指先を伸ばした。恐る恐る眼帯を外すと虎神の紫水晶のように美しい左目が存在していなかった。眼窩《がんか》には絶望的なほどに暗い闇が広がっている。

「主にお願いしたのです。同じものが代償だったけれど、お前が人間だから片目だけで済みました」

本来ならば自身が持っている神通力でいろんなことを意のままにできるけれど、今回ばかりは主祭神に命じられた蟄居も――朋成が乗り込んでいったというのもあるが、抜け出してしまったのもあり、朋成の目を治すために神通力を使うことが許されなかった。

この時期にはなんの祝い事があるわけでもない。

そんな時に主から力を賜ることもできないので、手っ取り早く代償を差し出すことにしたという。

「どうしてそんなこと……！」

虎神の胸をどん、と叩く。相手が神様だとかそんな敬う気持ちが欠けたわけではないが、神様と自分ではその身の持つ尊さが天と地ほども違うのだ。まして朋成は虎神の持ち物の一つでしかない。神自身がその身を不自由にしてまで救うべき存在ではないのだ。

「あんなに美しい瞳を……！」

「お前は盲目だと危なっかしい。この前も三和土《たたき》で転んでいたし、この部屋でも何度も簞《たん》笥《す》に指を挟んでいたでしょう」

机の角で腿《もも》を打ちつけたことや、テーブルに載せ損ねた飲み物で絨毯《じゅうたん》を盛大に汚したことなど、居合わせていない時の惨状まで詳らかにされ、朋成はお漏らしをばらされた子供さながらの恥ずかしさで頰を染めた。

「見ていたなら声をかけてくだされればいいのに……」

「存外、面白くてね」

「意地悪ですねっ……」

頰を膨らませると、虎神が今度は楽しげに微笑う。

「私は片目で十分。お前が気にすることはないのです。これは私の我欲《がよく》なのですから」

「……我が儘ということですか？」

「ええ。いつでもお前の目に映っていたいと思ったのですよ」

朋成は思わず両目を瞠った。

「目だけではないよ。私にはお前の何が欠けてもそれを許すことができない。私は人ではないから、そう簡単に死ぬことはない。けれどお前は違う。人間の身体は脆《もろ》くて弱い。本当に私の身を案じるというのなら、今後は己の身を最優先で守りなさい」

神様からまるで母親のような深い愛情を惜しみなく与えられている。

そんな幸福な人間はきっと朋成だけではないけれど、人間のためにその身を犠牲にしてくれる神様はきっと虎神だけに違いない。

感謝の言葉も何もかもが咽喉に痞えてしまった。その代わりに朋成は両腕を伸ばすと虎神の胸の中に飛び込む。自分よりもずっと厚い胸に頬を寄せると、規則正しい虎神の心臓の鼓動が伝わってくる。

これからは一緒に生きていける。

泣いてはいけないと自分に命じるたびに、嬉しさから込み上げる涙が次々と頬を滑っていく。一頻《ひとしき》り泣くと、背中をあやすように叩いてくれた手が止まる。

「幸成は在宅ですか？」

「――父ですか？　たぶん……」

幸成は交友関係がさほど広くないので、遊ぶために外出することはほとんどない。基本的には母屋で書類仕事をしているか、不在の時は道場にいる。

これまで虎神が宥経以外の家族に関心を持ったことはなかった。突然の質問に戸惑《とまど》いがちに返答すると、腕の中にいた朋成の腕を摑み、引く。

「では参りましょう」

颯爽《さっそう》と母屋に向かおうとする虎神の腕を今度は朋成が摑み、留める。

「ど、どうしてですか？」

戸惑いつつ涙を拭うと、鼻も啜る。幸成になんの用があるのか皆目見当がつかない。

「お前を貰う許可のためですよ」

「ええ！」

想像よりもはるかに違う方向から球を投げられ、受け損なった朋成は素っ頓狂《とんきょう》な声を漏らしてしまう。

「嫌なのですか？」

「ち、違います！　神様がただの人間に許可なんて貰わなくても……」

昴神家の人間は神を昂《たか》ぶらせた一族ゆえに、神の機嫌を損ねないことを最優先にしている。

虎神が朋成を『貰う』と一言口にするだけで、犬猫の子供を遣り取りする時よりもきっと簡単に事は運ぶだろう。

「人間が嫁を貰う時は、その父親に許可を貰いに行っていたではないですか」

あっけらかんと言い放たれて、朋成の脳内は大混乱をきたす。

（嫁？　嫁って何⁉）

虎神の発言から推測するに、どうやら朋成は映画やテレビドラマを見せすぎてしまったらしい。確かに作品の中だけではなく、婚姻をしようとする男女が相手の親に挨拶がてら結婚の許しを請うことはままある。

しかしそれは神様には適用されないシステムだ。

心の中で頭を抱えていると、虎神の腕がするりと背中に回り朋成の腰を抱く。

「それが終わったら、次は我が主のところへ行きましょう。朋成を私の伴侶として改めて紹介しようと思っています」

「枸橘様……」

伴侶。

ただの人間でしかない自分を、そんな大きな存在として迎えてくれるのか。

虎神の想いが嬉しい。けれど、朋成の胸中に押し寄せるのは自分一人だけの感情ではなかった。

この身体には先祖から連綿と受け継がれてきた、神の怒りに染まった血が流れている。

虎神を苦しめた先祖がいたからこそ、悲しみや行き場のない思いに苦しめられてきた一族だというのに、百六十年以上の時を経た今は、誰よりも虎神に愛される存在になることができた。

（全部、枸橘様のお陰ですね）

傷つけられた虎神が人間に対して恨みを持たなくなったからこそ、主祭神の怒りも和らいだに違いない。

「さあ、行きましょうか」

今度こそ本当に、一族は悲しい運命から解き放たれることだろう。

そのことを確信しつつ、凜とした誘《いざな》う声に朋成は深く頷いた。そして幸福な未来を胸に描きながら、虎神に差し出された手にそっと自分の手のひらを重ねた。

◆ 終章 ◆

まるで真夏を思わせるように空が青く澄んでいた。太陽は雲に遮られることなく燦々《さんさん》と輝き、境内にあるすべての建物の屋根を煌《きらめ》かせている。

秋の匂いが空気に混じり始めた頃、一組のカップルの結婚式の準備に朋成は奔走していた。

瑞月穂神社は比較的規模の大きい神社なので、行事ごとが多い。

子供の頃から一族総出で行事には参加していたが、準備する側に回るとなると覚えることがあまりにも膨大だった。

虎神の祀られているこの神社を守るために、神職の資格を取ることに決めた朋成は、神道学科のある大学を受け直すことに決め、渋る両親を説得して進学させてもらった。

宮司には奉職させてもらえるまで何度でも頭を下げに行くつもりだったが、昂神家と虎神の深い関《かか》わりを代々伝えられていたようで、優秀な成績で卒業できたらと約束を取りつけることができた。失敗や成功を繰り返しながら日々精進しているうちに月日はあっという間に巡り、奉職してから無事に二年目の秋を迎えた。

今日の結婚式は、とかく昂神家にとって大事なもので、若輩ながら朋成は斎主《さいしゅ》の補佐を務めることになっている。

真新しい衣装に袖を通すと、挙式よりもずっと早い時間に流れの再確認を始めた。必要なものが欠けていないか、チェック表を片手に丁寧に見比べていく。

「トモ！」

聞き覚えのありすぎる声に呼ばれて、朋成は顔を上げた。自分の姿を見つけて大きく手を振るのは、今日の主役である宥経だった。新郎であることを表す、紋付き羽織袴《はおりはかま》姿がなかなか様になっている。

昂神家次期当主――宥経。

神職に就きたくて跡継ぎという立場からドロップアウトさせてもらった朋成の代わりに、宥経が昂神家の跡を継いでくれることになった。

その隣に白無垢《しろむく》姿で寄り添っているのは、宥経が大学卒業間際から交際している女性で、どこか瀬名に似たおっとりとした雰囲気を纏っている。宥経が気軽にモーションをかけた時に「モテる男性は苦手だから」とさっくり振られたことで心を射抜かれ、そこから猛アタックして一年がかりで口説いたらしい。

参列者席には両家の親族が勢揃《せいぞろ》いしている。

本来なら朋成も参列者側にいるべきだが、半身の門出なので、奉仕する側に回ることに決めた。そのことについては、両親も宥経も快諾してくれた。

順調に式が進み、神楽が奉納される頃、親族の席の後方に虎神が何食わぬ顔をして混ざっているのを見つけた。

笙《しょう》や篳篥《ひちりき》などの吹きものや、鞨鼓《かっこ》や楽太鼓《がくだいこ》の打ちものに琴の音が重なることで、雅な音楽が編み上げられ独特な空間を作り出している。少しだけ位置を移動して、虎神の隣にそっと肩を寄せる。

「騒がしいですか？」

いつもならたくさんの木々に囲まれた境内は、どの場所でも静寂に満ちている。

煩《うるさ》く感じたりはしないだろうか。

心配になって訊ねてみたが、巫女舞《みこまい》を眺めながら虎神は楽しげな表情を浮かべているだけで不快そうな様子は見受けられない。

「そんなことはないですよ」

「……よかった」

笑顔を向けると、いつの間にか手を繋がれていた。

こんな何気ない時ですら、惜しみなく愛情が注がれる。それは一緒に暮らすようになってもなんら変わることはなかった。

今春、神社の敷地内にある一軒家が空いた。

宮司を含め境内で生活している職員は多い。利便性を考えて朋成も入居を希望していたのだがなかなか空きが出なかった。

ようやく借りることができたので、今は虎神と一緒に暮らしている。

表向きは一人暮らしだけれど、実際は同棲《どうせい》だった。

たわいもないことで微笑い合う、穏やかに過ごせる日々。

十二年前の――十四歳で獣化してしまった時に、その先に待ち受けるであろう悲しい運命を打ち明けられた朋成には想像もつかない未来が広がっていた。

今はもうあの頃のように、この世界から消えたいとは思わない。

一日でも長く、虎神の傍に寄り添って生きたいと、そう願っている。

「――男の子ですね」

仲睦《なかむつ》まじい二人から朋成に視線を戻した虎神は、そう呟いた。

「そんなことも解るのですか？　そうみたいです」

授かり婚を的確に言い当てられて、朋成は思わず両目を瞬かせた。

授かったと聞いてから双方の家族が式を急いだものの、気づけばあっという間に安定期を迎えていた。

生まれるまではさらに早く、生まれてからはなお早く時が過ぎることだろう。

自分たちがかつてそうだったように。

「きっとすごく可愛いと思いますよ」

友人の中に既婚者はまだおらず、親族の中でも幼い子供のいる夫婦は少ない。

子供と接する機会が極端に少ない分、生まれた時はかつての頼経がそうだったように朋成もまたまだ見ぬ甥《おい》っ子を溺愛《できあい》するのだろう。

「自分もまだ子供なのに、子供が好きなのですか？」

「もう二十六ですし、子供じゃないですから！」

いつものように虎神が朋成を揶揄い、それに対して頬を膨らませてみせる。そしてお互いが笑顔になるのが今の二人の幸せの方程式だった。

「……そうですか」

「……？」

木々を通り抜ける風の音に、掻き消えてしまいそうな虎神の呟きを鼓膜が拾った。思わず首を傾げる。

「朋成」

伸びてきた腕がしっかりと朋成を摑み、引き寄せる。

「お前が私の子を孕《はら》みたいなら、いつでも孕ませてあげますよ」

そしてそっと耳打ちされた言葉に、朋成の頰は一瞬で熱を帯びた。

「え、それは、ど……」

セックスという隠語なのか、そのままの意味なのか考えあぐねていると、まるでおまけとばかりに耳殻を甘嚙みされた。

柔らかな皮膚に犬歯を押しつけられると、昨晩たっぷり愛された身体が、蕩けてしまうほどの快感を与えられたことを思い出して震える。

「神の子は、育てるのにかなり手を焼くようですよ」

(え、それってやっぱり妊娠できるってこと?)

朋成の性は紛れもなく男性で、後孔を使うことでセックスすることは可能ではあるが、子供を授かるための胎は持ち合わせていない。

「枸橘様……?」

もっと詳しく訊ねたくて、虎神に詰め寄ろうとした瞬間、祭壇のすぐ近くに控えていた斎主から呼びつけられる。気づけばすっかり神楽は終わっていた。

これから新郎新婦が神前に進み、誓いの言葉を読み上げる誓詞奏上《せいしそうじょう》、玉串奉奠《たまぐしほうてん》、指輪の交換とまだまだ続く式の進行に戻らねばならず、ここにも留まりたいジレンマに苛まれる。

「待っているから、行っておいで」

そんな朋成の様子を面白がっている虎神が、ぐずぐずしている背をぽんと叩く。

世界で一番愛しい神様にひらひらと手を振られながら、朋成は後ろ髪を引かれる思いを断ち切ると、笑顔を返し、自分の仕事をこなすべく玉砂利の敷き詰められた境内を駆けた。

あとがき

はじめましてのかたも、そうでないかたもこんにちは。朔田と申します。

このたびは拙本『虎神の愛玩人形』をお手に取ってくださり、ありがとうございます！

今回ご縁がありまして、ラルーナ文庫さんで書かせていただくことになりました。

神様攻めの作品は初めてでとっても楽しかったのですが、同人誌で好き勝手に書いていたお話がベースだったので、今回の執筆にあたり、思った以上に己の首を絞めてしまいました（笑）。

その結果、朋成には色々悲しませてしまいましたが、これからは虎神とたっぷりと幸せになってもらいたいな、と思っています。

本作には『白虎の花嫁人形』という関連作品がございます。同じ世界観のお話になっていますので、よろしければそちらもお手に取っていただけると嬉しいです。

黒埜ねじ様。拙本に素敵なイラストをつけてくださっただけでなく、無理すぎるリクエストも叶えてくださり、本当にありがとうございました。また一緒にお仕事をさせていただけて、本当に嬉しかったです。

お友達の皆様。いつも相談にのってくれて、応援もしてくれてありがとうございます。不義理ばかりの私ですが、これからもどうぞよろしくお願いします。

最後に。いつまで経っても書き手として未熟な私ですが、読んでくださった方の心に残るような作品を書いていけるようにこれからも精進いたしますので、次作またはイベントの片隅でお会いできたら嬉しいです。

この本の制作に関わってくださったすべての方々と読んでくださった皆様に、深く感謝いたします。

朔田

本作品は、同人誌『白虎の花嫁人形～Twins' love circumstances ～』

（二〇一四年三月発行）をもとにした書き下ろしです。

ラルーナ文庫

この本を読んでのご意見・ご感想・ファンレターなどお待ちしております。〒110-0015 東京都台東区東上野5-13-1 株式会社シーラボ「ラルーナ文庫編集部」気付でお送りください。

虎《とら》神《がみ》の愛《あい》玩《がん》人《にん》形《ぎょう》

2015年10月7日　第1刷発行

著　　者｜朔田《さくた》

装丁・DTP｜萩原 七唱

発 行 人｜蕾 仁警

発 行 所｜株式会社 シーラボ
〒110-0015　東京都台東区東上野5-13-1
電話　03-5830-3474／FAX　03-5830-3574

発　　売｜株式会社 三交社
〒110-0016　東京都台東区台東4-20-9　大仙柴田ビル2階
電話　03-5826-4424／FAX　03-5826-4425

印刷・製本｜シナノ書籍印刷株式会社

ISBN978-4-87919-879-2

LaLuna

毎月20日発売！ ラルーナ文庫 絶賛発売中！

竜を娶《めと》らば

| 鳥舟あや | イラスト：逆月酒乱 |

祖父の後継ぎとして金色の竜となったロク。
暴君な竜国王の嫁となり世界を守る存在に!?

定価：本体720円＋税

三交社